MW01705330

AVANT D'ÉTEINDRE

De la même auteure chez le même éditeur :

L'œil de verre, nouvelles, 1993, rééd. poche 2001.
Voyages et autres déplacements, nouvelles, 1995, rééd. poche 2008.
Le cri des coquillages, nouvelles, 2000, rééd. poche 2004.
On ne regarde pas les gens comme ça, nouvelles, 2004.
Partir de là, nouvelles, 2009.

À La courte échelle :

Les habitués de l'aube, roman jeunesse, 1997.
Le plus beau prénom du monde, roman jeunesse, 1999.
C'est la vie, Pitchounette, roman jeunesse, 2000.
Tu rêves, Pitchounette ?, roman jeunesse, 2002.
Ma vie de reptile, roman jeunesse, 2006.
Amé et les bons bonbons, roman jeunesse, 2009.
Amé et le bonbon qui ne fond jamais, roman jeunesse, 2009.
Amé, un bonbon sur le cœur, roman jeunesse, 2010.
Amé, le bonbon de Naoki, roman jeunesse, 2010.
Pitchounette, vol. 1, roman jeunesse, 2010.

Chez d'autres éditeurs :

Réflexions, photographies de Véro Boncompagni avec des mots de Sylvie Massicotte, Les 400 coups, 1996.
Au pays des mers, récit, Leméac, 2002.

SYLVIE MASSICOTTE

Avant d'éteindre

nouvelles

L'instant même

Maquette de la couverture : Anne-Marie Jacques

Illustration de la couverture : Pierre Hébert, *L'arbre à bijoux*, 2014, pastel sec et montage photographique (90 × 67 cm)

Mise en page : CompoMagny enr.

Distribution pour le Québec : Diffusion Dimedia
539, boulevard Lebeau
Montréal (Québec) H4N 1S2

Distribution pour la France : Distribution du Nouveau Monde

L'instant même
865, avenue Moncton
Québec (Québec) G1S 2Y4
info@instantmeme.com
www.instantmeme.com

Dépôt légal – Bibliothèque et Archives nationales du Québec, 2014

Catalogage avant publication de Bibliothèque et Archives nationales du Québec et Bibliothèque et Archives Canada

Massicotte, Sylvie, 1959-
Avant d'éteindre
ISBN 978-2-89502-349-4
I. Titre

PS8576.A796A92 2014 C843'.54 C2014-941111-1
PS9576.A796A92 2014

L'instant même remercie le Conseil des arts du Canada, le gouvernement du Canada (Fonds du livre du Canada), le gouvernement du Québec (Programme de crédit d'impôt pour l'édition de livres – Gestion SODEC) et la Société de développement des entreprises culturelles du Québec.

À Murielle

Elle pensa à son père, à son visage enfoui dans ses mains tremblantes, à ses larges épaules voûtées, à la porte qu'il avait cadenassée. Elle pensa à son père et une à une les étoiles rejoignirent les fées dans le ciel, les pommes d'amour s'ouvrirent, libérant des milliers de vers luisants.

Véronique OLMI, *Privée.*

L'arbre invisible

L'arbre est beaucoup plus impressionnant qu'on ne le croit ; il est intimement mêlé à notre vie, à notre histoire, à notre vision du monde et même, je pense, à notre origine en tant qu'espèce.

Francis HALLÉ, *Plaidoyer pour l'arbre.*

Se sentait-il comme moi, avant d'entrer chez les gens ? Est-ce qu'il empestait la lotion après rasage ? Ma mère avait-elle repassé ses chemises ou les avait-il pressées lui-même ? « Voyageur de commerce », elle vient de m'annoncer. Elle a toujours eu l'art de choisir le moment pour me parler de lui ! Je passais simplement déposer ses médicaments, tout à l'heure, en lui expliquant que j'étais pressé, qu'animer un atelier pour les tout-petits, ce serait la première fois. Elle m'a regardé, j'avais posé la main sur la poignée, je lui disais au revoir quand elle a lancé :

– Tu es bien mis…

– Merci. Il faut que j'y aille !

– Tu lui ressembles quand il partait travailler.

Lui. Je lui ressemble. Elle avait déjà dit ça. Mais « quand il partait travailler », c'était un élément nouveau. J'ai vérifié :

– Travailler ?

– Voyageur de commerce.

C'est tout. Elle m'a appris qu'il était voyageur de commerce et m'a poussé à l'extérieur. J'allais être en retard. Maintenant, je repasse la scène. Le feu est rouge. « Travailler ? » « Voyageur de commerce. » Elle s'est décidée à me parler de lui, ce matin, de l'homme invisible qui m'a conçu et duquel elle n'a jamais rien voulu me dire avant l'âge adulte. À présent, c'est par bribes, quand ça lui convient. « Travailler ? » Le feu passe au vert près du panneau annonçant l'approche d'une école. Je ne suis plus très loin. Un autobus scolaire tourne à gauche. C'est par là. Est-ce qu'il se sentait comme moi, mon père, avant d'aller rencontrer les gens ? Doutait-il de lui ? En conduisant, j'allonge le cou pour m'apercevoir dans le miroir du pare-soleil. Je lui ressemble en allant donner mes ateliers…

Je me gare dans le stationnement des visiteurs. J'avais prévu commencer par la définition de l'arbre, mais je crois qu'il vaudrait mieux faire jouer les enfants avec les noms d'espèces. Je ne pense qu'à des noms masculins : chêne, frêne, peuplier, sureau, amandier, pin… Discrimination ? Ils sont forts, dans les écoles, il y a des critères, du politiquement correct. Garçons et filles. Mais j'ai beau chercher : noyer, cèdre, merisier… Que des noms masculins, ce n'est pas bon. La définition, ce sera préférable. Les amener à définir ce qu'est un arbre. Je pense à Alessandro Baricco : « Définir l'arbre, c'est comme définir la bêtise. » Baricco, un Italien, comme mon père. Une autre information qu'elle m'a lancée, un jour où je la mettais dans un taxi, au moment où j'allais refermer la portière, vlan, la nationalité ! Pas le nom. Jamais. Je porte son nom à elle. Je ne suis pas un arbre, je suis une plante. Souvent féminin, le nom des plantes : monnaie-du-pape, gueule-de-loup, mercuriale, osmonde royale… J'ai éteint le moteur. Son image à lui, ce matin, alors que j'ai besoin de toute ma concentration… Des plans pour oublier mes clés. Je sors, tends la main vers la mallette que j'ai déposée sur le siège avant de partir. Je n'ai rien à vendre, mais il me faut tout de même un certain pouvoir de persuasion. Convaincre des enfants… Comment je vais faire ? C'est comment, des petits ? Il faut susciter leur envie. L'envie de connaître un peu ce qui les entoure, les amener à respecter, si possible, à aimer, à affectionner… les arbres. Je referme la portière. Mes clés tintent dans ma poche, je les ai. J'ai la mallette. J'ai mon père dans le crâne. Voyageur de commerce. Italien. J'avance vers la porte principale. Je ne me décide pas à entrer dans l'établissement. Est-ce qu'il était comme ça, sur le seuil des maisons, avec sa mallette et des papillons dans le ventre ? Je lui ressemble, en allant travailler. Persuader des enfants… J'entre. Ça sent l'école. Il y a des dessins sur les murs. Quel calvaire, dessiner notre maison, nos parents, je me rappelle, et les cartes pour la fête des Pères… Je destinais mes cartes de vœux à l'homme invisible. Je dessinais des arbres et chantais dans la chorale pour l'homme invisible. Je commencerai par la définition. Non, par l'énumération des espèces. Tilleul, sapin, platane, saule… Résolument masculin, tout ça. Je suis une plante, pas un arbre, je porte son nom à elle. Mais des noms d'arbres… Micocoulier, voilà un nom qui pourrait les amuser, les petits ! *Micocou, micocou, micocoulier !* Devant moi, le directeur me tend une main ferme. La mienne est moite, je le sens. Il ne perd pas le sourire et je le suis. Nous atteignons un local sombre dans lequel il s'empresse d'allumer les néons. J'aurais aimé qu'ils puissent voir dehors, les enfants, contempler le balancement des branches, sentir la brise, mais c'est la salle multifonctionnelle, il explique, et c'est ici que ça se passe avec les conférenciers. Aucune fenêtre. Aucun problème. J'ouvre ma mallette, tâte mes sachets de feuilles d'arbres. Je n'aurai besoin de rien d'autre, sinon de ces deux câbles qui sont bien adaptés à mon ordinateur ainsi qu'au projecteur, qu'il met en marche pour s'assurer que ça ira. Il déroule l'écran derrière moi, puis me propose de l'eau. Je suis une plante… « Merci. » Je balaie cette salle des yeux. De toutes petites chaises ont été disposées en demi-cercle. On a planté les pattes dans des balles de tennis pour ne pas qu'elles fassent de bruit et, en même temps, pour protéger le plancher de la salle multifonctionnelle, bien sûr. Les enseignantes arrivent. Le visage de la grande maigre, un masque rigide. Les profs plus rondes sont radieuses avec leurs joues roses, fraîchement poudrées. Les enfants aussi sont tout roses, sauf un qui a le teint très pâle. Ils entrent timidement avant de se précipiter sur la chaise de leur choix et de plaquer leur paume sur le siège voisin pour le réserver à leur meilleur ami. « Non, non ! » crie la femme au masque rigide. Non, non… Je me rappelle, « Non, non »… Ne riez pas, les enfants ! Ne riez pas. Avoir un père invisible, il n'y a pas de quoi rigoler. J'ai l'impression qu'ils vont s'esclaffer. J'attrape d'abord les sachets de feuilles qui me permettront de présenter les différentes espèces. La forme des feuilles, qu'est-ce que ça leur dit ? Pas grave si jamais je n'ai plus de temps pour la projection. Toucher des feuilles les amuse et les calme à la fois. Le nom des arbres ou la définition, je ne sais plus, ils agitent la main parce qu'ils sont curieux et qu'ils ont des tas de choses à me raconter. La maison dans les arbres qu'ils ont fabriquée, les glands ramassés sous les chênes… Le garçon au teint blême regarde surtout par terre. Il fixe les balles de tennis au bout des pattes de chaises. De temps en temps, il attrape la feuille de laurier qu'il a reçue. Il la porte à ses narines, la laisse tomber sur le plancher, la ramasse et recommence à fixer les pattes de chaises. Une institutrice s'approche brièvement de lui, pour s'assurer qu'il écoute et surtout qu'il ne va pas déranger pendant qu'on se raconte des histoires d'arbres. Mais c'est elle qui dérange tout le monde.

Ils la regardent tous, ne la quittent pas des yeux jusqu'à ce qu'elle retourne s'asseoir. Je mets un moment à reprendre le fil, à capter de nouveau leur attention. Ensuite je me rends compte que les enseignantes ont fini par se détendre. Elles se reposent. C'est sans doute exigeant de maintenir l'intérêt des enfants une journée complète, tout en devant atteindre des objectifs de gestionnaires. Elles profitent du moment. Elles apprennent certaines choses aussi. Surtout lorsque je présente les photos du palétuvier des îles Seribu. Nous passons beaucoup de temps là-dessus, jusqu'à ce que la prof au visage rigide me jette un regard que j'interprète comme si elle me priait de choisir des exemples d'arbres d'ici, dans l'entourage des enfants, parce que c'est plus concret, évidemment. L'érable, par exemple... Mais avec son index noueux, elle m'indique sa montre. La cloche va bientôt sonner, voilà. Je m'apprête à longer le demi-cercle pour distribuer des images représentant des arbres d'ici qu'ils pourront identifier un jour. J'espère au fond de moi qu'ils continueront à me parler, tout bas, pendant que je circule. J'ai envie de les entendre, encore. Je commence par l'extrémité où se trouve le garçon blême, qui n'a jamais cessé, il me semble, de regarder les pattes de chaises en tripotant la feuille de laurier. Je m'approche de lui, il se lève sans un mot. Il fait un pas vers moi et vient m'entourer de ses bras. Il me serre fort, amoureusement. Ma vue se brouille. Je pense à lui, italien, voyageur de commerce. Je pense à moi, fils de l'homme invisible. L'enfant serre plus fort. D'en haut, je distingue sa petite tête collée contre mes jambes, ses yeux fermés et son sourire immense... Je suis un arbre.

Tu m'avais dit que tu téléphonerais

À la fenêtre, le paysage commençait à s'estomper. Le fleuve avait pris la couleur du ciel et les collines rousses ne formaient plus qu'une seule ombre à l'horizon, un seul corps allongé qui attirait encore l'œil. Mon petit frère pleurait. Il était dix-huit heures et tu ne m'avais pas encore téléphoné. Je revenais d'une longue promenade au cours de laquelle j'avais rempli mes poches de cailloux roses, comme autant de souhaits pour nous deux. Tu m'avais dit que tu téléphonerais.

– Tu pourrais t'en occuper un peu ? m'a suppliée maman en train de cuisiner.

J'ai attrapé un drôle de canard en caoutchouc mou pour le faire bouger sous le nez de mon petit frère en pensant à toi. J'appuyais depuis un moment sur le jouet qui faisait « pouin, pouin, pouin » quand Paco a cessé de pleurer. Il m'observait, moi, beaucoup plus que le jouet. J'ai abandonné le canard sur la table basse du salon et me suis penchée vers ses yeux attentifs.

– Qu'est-ce que tu vois, toi, en me regardant comme ça ? Hein, qu'est-ce que tu vois, bébé ?

Il battait très fort des jambes, comme s'il faisait des efforts pour me raconter quelque chose. Je l'ai pris dans mes bras, l'ai serré contre moi en marchant de long en large dans notre chalet où tu avais promis que tu appellerais. Tout chaud contre ma poitrine, il sentait le bon petit bébé. J'étais presque bien quand tu t'es décidé à téléphoner. J'ai entendu la sonnerie et, d'une main que j'avais brièvement écartée de Paco, je l'ai éteinte. Tout de suite. C'était comme un réflexe.

Je me suis entendue fredonner tout doucement en berçant mon petit frère devant la fenêtre. Des lumières avaient commencé à scintiller ici et là sur les collines. J'ai repéré un bateau sur le fleuve. Paco a émis un gazouillis et ma mère m'a priée de venir manger. Un parfum de cumin embaumait le chalet.

J'ignorais encore pourquoi je n'avais pas pris l'appel. Mais une certitude avait commencé à s'installer en moi. J'allais pouvoir t'oublier.

Nina

C'est cela une vie ?
Des bouts de tissus ballottés par le vent, des pans de vie incertains.

Ahmed Kalouaz, *Trois verres de thé.*

Avant de sortir, il enroule le papier hygiénique autour de sa main tremblante, puis le glisse dans une poche de sa veste. Ainsi, il en attrapera un bout, au besoin.

Il ne sent plus l'effet du décalage horaire, mais se trouve décalé quand même. Il frissonne. Nina… S'il s'attendait à cela.

Les années filent, il se dit, en voyant passer son reflet dans la vitre d'une péniche. Sa silhouette a belle allure, le dos à peine voûté. Il a toujours cette élégance, malgré le fait qu'il se mouche avec du papier hygiénique. Nina le lui reprochait. C'était tout bête, pourtant, cette question de se moucher avec ceci ou cela. Mais Nina était devenue si irritable… Était-elle déjà malade sans qu'il l'ait su ? Il l'avait quittée rapidement après être venu ici une première fois pour son travail. Il avait bénéficié d'un peu de temps libre, ce qui était assez rare pendant ses déplacements professionnels. Une pleine journée, peut-être deux, il ne se rappelle plus exactement, sinon qu'il avait acheté un foulard à Nina. À l'hôtel, quelqu'un lui avait suggéré de visiter une soierie. Il avait été impressionné par les anciens métiers à tisser qui fonctionnaient encore et, surtout, par les explications d'une petite femme passionnée qui avait instruit le groupe de touristes auquel il s'était joint. À sa sortie, après avoir regardé des images sur le développement du ver à soie, il s'était arrêté à la boutique où il avait commencé à toucher les tissus et à les comparer. C'était à ce moment qu'il avait décidé d'offrir un foulard à Nina. Il ne lui rapportait plus de souvenirs depuis longtemps. À son retour, il lui avait tendu le cadeau avec émotion. Elle avait considéré le petit paquet sans enthousiasme. En apercevant la soie, elle avait lancé d'une voix ironique :

– Tu aurais peut-être mieux fait de t'acheter un mouchoir.

Après chacun de ses déplacements, il était obligé de constater son mépris. Rentrer avec cet article de soie correspondait à une tentative de raccommodage. Tout ce qu'on pouvait faire avec du fil… Mais en vain.

Leur relation n'a pas eu de soubresaut, pas de chant du cygne, non plus. C'est ce qu'il pense à présent, en posant son regard sur le grand oiseau sale en train de nettoyer son plumage au bord du Rhône. Curieux hasard que ce soit précisément ici, dans cette ville où il a décidé de revenir, qu'il ait appris la nouvelle, tout à l'heure. Pauvre Nina… Il ne la voyait plus, mais avait su que sa santé se dégradait. Maintenant, en épongeant une larme avec son bout de papier hygiénique, il sourit. Comme si elle avait pu l'apercevoir en train de dérouler la bande de papier dépassant de sa poche !

Sous le soleil, en se mouchant, il attrape des bribes de conversation de jeunes gens au téléphone. « Futilités… », marmonne-t-il dans le papier chiffonné sous son nez. Une grande blonde, arrivée à sa hauteur d'un pas rapide, le heurte avec son gros sac en cuir. Elle explique à son interlocuteur qu'elle doit subir une biopsie à quinze heures. Une adolescente, lui semble-t-il. Incrédule, il se retourne. Tout le monde lui paraît si jeune depuis qu'il ne l'est plus.

« Biopsie à quinze heures », une phrase dite sur le ton de la banalité, comme s'il s'agissait d'un rendez-vous chez le coiffeur. Nina avait-elle parlé ainsi ?

La jeune femme fait du surplace près de lui, avec son téléphone et son gros sac. C'est son interlocuteur qui parle à présent. Il entendrait la voix si ce n'était le bruit de ses bracelets quand elle bouge. Son parfum se mêle à celui du cuir. Un parfum floral, légèrement poudré… N'est-ce pas celui que portait Nina ? Il s'approche discrètement et aussitôt il se trouve submergé par ces bouquets entêtants qui ont longtemps parfumé son existence et qui, soudainement, ont disparu de sa vie. Lui reviennent en rafale des images du long cou de Nina, ses grains de beauté, sa peau translucide et ses petites veines bleues qu'il aimait suivre du doigt. Il n'avait plus beaucoup pensé au corps plus jeune de Nina, renversé sur le lit, sur la banquette de sa voiture… Nina, celle qu'il aimait et non celle qui était devenue amère et si impatiente. Il se rapproche légèrement de la blonde qui lui fait dos et qui émet des « hum » au téléphone. Derrière son épaule, tout près de la bandoulière du sac en cuir, il ferme les yeux.

Le bruit des bracelets commence à s'éloigner. Il lève le regard vers la jeune femme en train de s'en aller. Il se sent abandonné, tout à coup, sur ce quai où seuls quelques effluves flottent encore. Elle a visiblement repris la parole, mais il n'entend plus ce qu'elle raconte, au loin, avec ce mouvement saccadé de la main le long de son gros sac. Près de lui, deux cygnes font du vacarme en battant des ailes sur l'eau. Ils tendent leur long cou flexible et on dirait des flèches pointées vers l'au-delà. Ils s'envolent. Cette blancheur sur le ciel bleu, une pub de papier velours. Doux, doux, doux... comme de la soie. Et les gestes des tisserands jetant leur navette d'un côté, puis de l'autre, lui reviennent en mémoire. Une pleine journée de travail pour trente-cinq centimètres de tissage, avait expliqué la petite femme énergique entourée de touristes, à la soierie. Une vie, se répète-t-il, fil après fil... Et Nina, enfin détachée de tout.

Il explore le fond de sa poche vide en scrutant le ciel. D'un pas décidé, il quitte les berges pour entrer dans un tabac. Derrière la caisse, sur une tablette où se trouvent les articles qu'on ne laisse pas à la portée des gens, sont disposés les étuis de papiers-mouchoirs qu'il montre du doigt.

Bravo, bravo

À Louise

Je me demande encore s'il l'avait fait exprès, monsieur François. Je n'étais pas un premier de classe. Très tôt, j'avais compris que mes parents n'appréciaient pas les jeunes parfaits. En rentrant de ses séjours de travail en région éloignée, mon père se réjouissait s'il pouvait annoncer à ma mère que son comité n'avait pas retenu les candidats les plus performants. Selon lui, ce n'était pas les postulants au parcours sans faille qui pouvaient le mieux aider les autres. Mon père espérait former des équipes de personnes aptes à écouter, à comprendre, bref à montrer de la compassion, ce qui n'allait pas de soi pour les carriéristes. Le nez dans mon assiette, j'étais intimidé tellement il me paraissait distant lorsqu'il causait ainsi dans son complet noir. Je me taisais, espérant qu'il m'aime, et je mangeais sans trop d'appétit. Lorsqu'il se levait de table, s'il ébouriffait mes cheveux au passage, je me sentais rassuré.

Je n'étais pas un premier de classe et, un matin de grisaille, monsieur François m'avait demandé de rester, après le cours. L'expression de son visage était illisible. Alex m'avait jeté un regard inquiet au moment de partir avec les autres. Je lui avais souri, l'air de dire : « Quoi qu'il arrive, je me défendrai, ne t'en fais pas. » Mais ces tremblements à l'intérieur de moi… Je me sentais comme une bête morte dont les membres continuent de tressaillir. Sans doute monsieur François avait-il remarqué ma pâleur en me voyant approcher prudemment de son bureau.

J'avais pris l'habitude de prendre de grandes inspirations quand il distribuait les copies dans les allées étroites de notre classe. Certains jours, je flairais l'haleine qu'avait mon père les samedis où il rentrait d'une soirée avec ma mère. Il remerciait la gardienne et, sitôt la porte de la maison refermée, celle de ma chambre s'ouvrait délicatement. J'aimais entendre ses pas feutrés tandis qu'il avançait, à tâtons, avant de s'arrêter près du lit pour déposer un baiser sur mon front. Ma mère l'appelait, elle chuchotait fort dans la pièce d'à côté, entre deux fous rires. Mon père ne la rejoignait pas tout de suite. Il avait cette haleine du temps des fêtes, cette haleine qu'avait aussi monsieur François, certains jours. Ce matin de grisaille, particulièrement, où il avait fini par esquisser un sourire étrange après s'être retenu devant les autres élèves, après s'être gardé au neutre, il avait craqué, il m'avait offert ce sourire bizarre en brandissant ma feuille d'examen. Je n'y avais d'abord vu que des zéros, avant de me rendre compte qu'il s'agissait du chiffre cent. Un gros cent pour cent qui me donnait l'impression d'avoir rejoint, bien malgré moi, ceux que mon père n'affectionnait pas du tout. J'avais honte. Et monsieur François, lui, jubilait. Il disait « Bravo, bravo ». Le faisait-il exprès ? C'est ce que je me demande encore en me cherchant une contenance devant mon petit Arthur qui sautille autour de mon fauteuil, brandissant son premier bulletin, l'air narquois.

Le porte-bijoux

Les vieux arbres seuls resteraient debout, victorieux dans leur inertie imperturbable.

Mahigan LEPAGE, *Coulées.*

Jamais le souffle du vent n'émet le même son. Les silhouettes échevelées des arbres donnent une allure de jeunesse au paysage. Certaines branches s'étirent vers la lumière tandis que d'autres s'inclinent vers le sol. Légèrement voûté, l'homme passe la tête entre les pans du rideau plein jour. Par la fenêtre entrouverte, il entend le vent, puis le bruit des pneus sur le gravier.

Il les regarde descendre du véhicule, toutes les deux, les bras chargés. Qu'est-ce qu'elles lui apportent encore à l'heure où il essaie de désencombrer la maison ? Il soupire, n'émet pas de commentaires à voix haute, ce n'est plus nécessaire. Il les garde pour lui, pour lui seul, dans la grande maison de silence.

Elles ont cet air soucieux des jours après les drames, quand il faut tout réapprendre. Mais lorsqu'elles entrent, elles affichent un sourire léger, le même, celui de leur mère. Elles déposent les gros sacs à placer au frigo. « Tu dois manger, papa. »

À peine les a-t-il invitées à s'asseoir qu'il disparaît dans la chambre. Immobiles au bord du canapé à fleurs, elles balaient la pièce des yeux, sans un mot, chacune à l'affût du moindre changement dans ce décor immuable. Leurs photos encadrées sont toujours alignées sur les tablettes vernies. Chaque objet est à sa place, mais elles ne se sentent pas rassurées pour autant. Le voilà qui revient avec l'empressement d'un gamin qui rapporterait un jouet. Il leur tend l'arbre à bijoux.

– Ah non. Encore ça…, murmure la plus jeune, profitant du fait qu'il n'a pas mis son appareil auditif.

– J'aimerais bien que vous choisissiez quelque chose, sent-il le besoin d'expliquer.

– C'est encore trop tôt ! proteste l'aînée.

– On ne peut pas, complète l'autre.

D'une main tremblante, il réussit à décrocher un collier d'une branche et à le passer au cou de la plus jeune.

– Regarde… Je le lui avais offert quand elle était enceinte de toi. Ça te va bien.

Il se tourne aussitôt vers l'aînée, avec cette volonté de justice dont lui et sa femme ont toujours tenu à faire preuve malgré leurs préférences inavouées. En brandissant des pendeloques démodées, il commente :

– Elles sont en argent. Elle les avait rapportées de Taxco, où nous étions allés avec toi. Mais tu ne t'en souviens pas, tu étais trop petite…

Les deux sœurs semblent se prendre au jeu, à son jeu d'enfant empressé qui piétine autour d'elles et du porte-bijoux. L'aînée a écarté les pendeloques pour attraper un collier en pierres de lune. En l'approchant de son visage, elle a humé ce qu'il reste du parfum de sa mère. Elle a incliné les paupières un instant, puis les a rouvertes en sentant les gros doigts malhabiles en train d'actionner le fermoir sur sa nuque. Longtemps, il a dû répéter ce geste. Elle tourne la tête vers lui et il disparaît, encore une fois. Il revient déposer un miroir sur la table gigogne, puis ne bouge plus. Il les observe, le regard humide.

Il aurait parié que l'aînée allait repartir avec le collier en pierres de lune. Mais pourquoi ne prend-elle pas aussi les pendeloques de Taxco ? Et la plus jeune, maintenant tentée par les boucles colorées que la mère appelait ses « boutons de plage », pourquoi hésite-t-elle ? Il voit le miroir passer des mains de l'une à celles de l'autre. Ces visages blasés qui se reflètent tandis qu'il se souvient de la robe de soirée, du chemisier, de l'anniversaire… L'arbre d'une vie en train d'être dépouillé sous ses yeux, en cet après-midi banal où le rideau plein jour valse à la fenêtre, dans les rayons d'un soleil indécent. Des bijoux scintillent et, avec de la chance, ils vivront encore au cou des deux filles comme autant de souvenirs indélébiles que l'on trimballe bon gré mal gré. Les breloques restantes seront bientôt dispersées aux quatre vents. Quatre jours avant jeudi, avant qu'il ne parle à Lorraine, quand elle viendra épousseter les bibelots dont il ne sait que faire, non plus. Mais les bibelots peuvent attendre. Pas les bijoux. Lorraine prendra ceux qu'elle aime, il l'assurera que les filles ont déjà fait leurs choix. Pour le reste, elle aura peut-être une idée. Pour l'arbre, surtout, l'arbre lui-même.

– Prenez tout ce que vous voulez ! lance-t-il aux filles.

Elles échangent un regard tandis qu'il incline la tête, s'attardant à une petite boucle rouge, orpheline, accrochée à une branche du porte-bijoux. Il se détourne, jette un œil à la fenêtre, à ces feuillages dans le vent. Il connaît bien les arbres condamnés que l'on marque d'un ruban rouge quand ils ont suffisamment vécu, suffisamment donné. Cet arbre doit partir. Les arbres condamnés encombrent le paysage.

Besoin d'air

À Veronika et Michal

Elle m'a fait remarquer qu'elle ne rêvait pas d'une fenêtre Art déco ni d'une vue sur la mer. On vit en pleine ville, dans un quartier qui se trouve loin de toutes les beautés. Sauf de la sienne. Elle a tout simplement réclamé une fenêtre à crémaillère.

Ma femme lit trop. J'ai retenu qu'elle avait besoin d'ouvrir, de temps en temps, pour changer l'air de l'appartement dans lequel il y a, comme elle dit, des relents de vêtements humides et d'oignons rôtis. Je lui ai procuré sa fenêtre à crémaillère. Un ouvrier dont on avait entendu parler, qui travaille au noir et ne pose pas beaucoup de questions, est venu l'installer « provisoirement ». Il a insisté sur ce mot, semble-t-il, elle n'a pas su m'expliquer pourquoi, mais elle a compris qu'il reviendrait fixer quelque chose, plus tard. Ils se sont entendus pour plus tard. En attendant, on a eu une fenêtre qui s'ouvrait. Ma femme aimait le geste. C'était comme dans les livres, elle disait. Elle a tourné la poignée, tiré délicatement, écarté les battants pour faire entrer l'air. Et le bruit. Elle ne s'était pas doutée que le bruit de la circulation nous parviendrait du même coup. En tout cas, elle m'a rapporté que l'ouvrier était reparti en disant « À plus tard » et qu'elle avait acquiescé. Plus tard…

Tout en bas, sur le trottoir, se trouvait un jeune homme qui admirait la façade de l'immeuble. Il n'avait visiblement rien d'autre à faire. Ma femme m'a avoué son envie d'aller se jeter sur lui et de l'embrasser. En rigolant, elle a promis qu'elle n'irait pas, et son rire faisait trembler sa poitrine. Quand j'ai voulu la toucher, elle a dit : « Attention, on pourrait nous voir par la fenêtre à crémaillère. » En face, c'est une tour à bureaux dans laquelle il y a pire. Et, d'en bas, le type ne pouvait évidemment rien apercevoir au sixième. J'ai tout de même soufflé à l'oreille de ma femme : « Il faudra des rideaux à ta fenêtre à crémaillère. De beaux rideaux de velours », ai-je ajouté pour lui plaire. Elle a haussé les épaules et m'a entraîné vers la chambre.

Il a dû y avoir un coup de vent. J'avais à peine eu le temps de détacher son soutien-gorge, on s'est arrêtés net. Parce que le bruit, ce n'était pas un bruit qui était entré, mais un bruit qui avait commencé tout près. Ensuite, le vacarme du verre qui éclatait sur l'asphalte était venu d'en bas. Oui, la fenêtre était tombée. La fenêtre au complet, dans son cadre, tombée du sixième, aux pieds du jeune homme qui l'a échappé belle. Il est demeuré longtemps immobile, abasourdi.

Il n'y a pas eu de possibilité de remboursement pour cette fenêtre installée de façon provisoire. Mais au moins, personne n'est mort. C'est toujours ce qu'on se dit : « Ça n'a fait mourir personne. » Et ma femme a déclaré : « Ce n'est pas si important. Je l'ai eue, ma fenêtre à crémaillère. J'aurai bien d'autres rêves… » Elle a soufflé le mot « fracassés » en croyant que, peut-être, je ne l'entendrais pas.

J'ai retenu qu'il valait mieux passer à autre chose. Un ouvrier plus consciencieux, peu bavard et avec de l'initiative, est venu poser une fenêtre à guillotine. Ma femme s'est mise à avoir peur pour ses doigts, pour ses beaux ongles longs qu'elle peint en rouge, d'un rouge que les dames appliquaient dans les années vingt, m'a-t-elle précisé. C'est donc moi qui décoince la fenêtre au besoin. « Adieu, murmure-t-elle aussitôt. Adieu, adieu, odeurs de vêtements humides et d'oignons rôtis ! »

Par la fenêtre ouverte, on entend parfois monter la voix du jeune homme qui, visiblement, ne s'en est jamais remis. Il revient se planter sur le trottoir, devant l'immeuble, avec des gens de passage. On l'entend raconter que notre rue s'appelle « La rue des fenêtres qui tombent ». Ma femme l'écoute et elle sourit. Sans doute qu'à ses yeux, il s'agit d'un véritable personnage de roman.

Resto-bar des îles

Félix n'a pas sauté de joie quand sa mère lui a annoncé qu'elle l'emmenait quelques jours au bord du fleuve. Il allait manquer le onzième anniversaire de Théo, avec tous ses copains rassemblés autour des meilleures frites au monde, et cela pour aller passer un interminable week-end avec sa mère.

Elle avait parlé d'une vue sur le fleuve et il découvre cette minuscule fenêtre donnant à moitié sur un cabanon, à moitié sur une pointe plus grise que le ciel et qu'on appellerait la mer. Elle dit que ce n'est pas sa faute s'il pleut. Mais c'est clair qu'elle l'a entraîné dans un trou. Un seau de plastique posé sur le tapis taché récolte l'eau de pluie. Toc, toc, toc, toc... Le plafond goutte et ça sent le pourri.

– Qu'est-ce qu'on est venus faire ici, m'man ?

– Il n'y a pas que ton père qui peut t'inviter à la mer.

– ... Ce serait mieux en été. Et puis j'ai rien demandé.

– Mets ton imper, Félix, je t'emmène au resto ! On ne va pas moisir ici, je suis d'accord.

Il la regarde enfiler l'anorak délavé qu'elle porte depuis la nuit des temps. Elle l'avait même avant de rencontrer son père. Il se souvient d'une photo où on la voyait au bras d'un autre, sur une promenade face à la mer. La vraie mer.

Elle conduit, les essuie-glace battent à toute allure, elle fonce, mais sait-elle seulement où elle va ?

– Tu veux que je branche le GPS ? vérifie Félix.

– Tu rigoles ! C'est tout petit ici.

Un trou, c'est bien ce qu'il pensait. Mais là, devant la plage publique, ce ne sont pas les restos qui manquent et elle ne s'arrête pas… Ils sont tous fermés ?

– Je connais quelque chose de mieux, explique-t-elle.

– Tu es déjà venue ?

– Il y a quinze ans.

– Et tu crois que ton resto existe encore !

– C'est une institution.

Ils vont manger dans une institution. « Excitant… », pense Félix. Derrière le rideau de pluie, apparaît un vieux lampadaire au-dessus d'une porte. Une enseigne lumineuse trouée sur laquelle on peut lire *Resto-bar des îles*. Félix interroge sa mère du coin de l'œil. Elle esquisse un sourire.

– C'est bon, tu verras.

– Ils ont des frites ?

Elle hausse les épaules, verrouille les portières. Avant d'entrer, ils parcourent rapidement le menu sous verre, éclairé par une ampoule jaunasse.

– Formidable ! décrète-t-elle.

– Tu trouves…

– Le menu ne change pas. Une institution, je te dis.

Ils pénètrent dans une salle poussiéreuse, à peu près vide, où Félix n'a pas envie de s'éterniser.

– Peut-être que tu pourrais juste prendre un verre, m'man. Avec des cacahuètes.

– Il est encore tôt. C'est pour ça qu'il n'y a pas beaucoup de clients, Félix.

À peine assis, ils entendent gueuler. Dans un coin sombre, un vieillard lance des phrases inaudibles. Parfois tout doux, parfois avec des éclats de colère dans la voix.

– Tu crois qu'il va se taire, le vieux fou ?

Une serveuse plutôt mignonne leur tend la carte et, en regardant Félix droit dans les yeux, elle annonce :

– Aujourd'hui, il y a aussi des moules.

Elle n'est pas mal du tout. La mère de Félix, en désignant le vieil homme, s'informe :

– Est-ce que c'est monsieur Masson, là-bas ?

– C'est bien lui, répond la serveuse.

– Il est si âgé… Et son fils ?

– Vous voulez dire sa fille Gisèle ! Elle s'occupe du restaurant. Son père ne peut plus, comme vous voyez… Bon, je reviendrai prendre la commande.

Elle repart en vitesse, comme si elle était appelée par cent mille autres clients. Des clients imaginaires, pense Félix en se disant que c'est peut-être à eux que le vieux s'adresse, finalement.

– Quelle idiote ! déclare sa mère. Je parlais du fils. Elle me parle de la fille.

– Et qui c'est, le fils ?

– Ce que tu peux être curieux…

Elle rougit.

– C'est un autre de tes anciens amoureux ?

Sans répondre, elle se lève pour aller s'accroupir devant le vieil homme et lui parler. En tout cas, elle réussit à le faire taire et Félix en profite pour vérifier sur la carte si au moins ils ont des frites pour accompagner les moules. Sa mère revient s'asseoir. La serveuse se précipite aussitôt :

– Vous avez choisi ?

Pendant que sa mère hésite, Félix demande s'ils ont des frites maison. En souriant, la serveuse fait signe que oui.

– Pour moi, ce sera seulement un verre de rouge, dit la mère.

Mais devant le regard réprobateur de Félix, elle ajoute :

– Avec des cacahuètes.

Elle rend la carte à la serveuse tandis que Félix commande une boisson gazeuse.

La serveuse disparaît derrière le bar. Félix détaille le papier peint, revient à la table de bois égratigné, puis à sa mère, immobile, fermée comme une moule qui refuserait qu'on la mange.

– Mar-TINE ! hurle le vieux.

Elle est saisie. Il crie encore :

– Raynald est mort !... Il est mort, grommelle-t-il en reniflant bruyamment.

De la cuisine accourt une femme en tablier blanc. Sans doute Gisèle, qui s'empresse d'aller calmer son père. La mère de Félix la reconnaît, visiblement. Elle l'appelle et la femme vient vers eux, suivie de la jolie serveuse apportant les cacahuètes et les boissons.

Félix se sent comme un chien savant quand sa mère le présente à Gisèle. Il la laisse causer, puis se tourne vers la jeune serveuse en lui chuchotant :

– Des frites, s'il vous plaît.

Il a réussi à ne pas interrompre la conversation. Gisèle, en s'essuyant machinalement les mains sur son tablier, confirme à sa mère :

– Oui, c'est vrai, Raynald est mort, Martine…

– Il y a longtemps ?

– Après que tu l'as quitté. Certains ont cru à un accident. D'autres…

– Ça va, Gisèle.

Gisèle retourne à la cuisine, plus lentement qu'elle en était sortie. La mère de Félix, visiblement secouée, fait glisser ses doigts le long du verre de rouge avant de le porter à ses lèvres. Félix boit aussi, en écoutant le bruit des glaçons qui s'entrechoquent dans son verre de plastique. Il tend le plat de cacahuètes à sa mère, mais elle n'en veut pas. De son sac, elle sort cette fameuse photo d'elle, toute jeune, avec le type face à la mer. C'était donc ici ? C'était dans ce trou ! Et le type s'appelait Raynald, conclut Félix.

Sa mère se répète à elle-même :

– La vie passe…

Elle laisse tomber sa vieille photo sur la table. Une dernière carte que l'on jette quand la partie est perdue.

Félix pense à Théo, à l'anniversaire manqué, et la main de la serveuse écarte doucement la photo pour déposer les frites.

Le trophée

Jamais Antoine n'a mangé de bœuf avec autant de plaisir, sinon en Argentine. La viande se détache aisément. «*Delicious.*» Le goût persillé est «*so delicate*», ajoute-t-il, ne sachant plus comment qualifier le bœuf de l'Ouest, beaucoup plus savoureux qu'il ne l'imaginait. En face de lui, Jim ne bronche pas. Antoine n'arrive pas à mesurer s'il fait trop ou pas assez d'éloges sur ce repas préparé avec soin. Les petits légumes, la cuisson de la viande, tout est parfait y compris le vin. Jim a voyagé, lui aussi. En accueillant Antoine, il a tout de suite présenté, sur les murs du salon, les photos et les objets rapportés de ses voyages. De véritables trophées, a pensé Antoine. Pourquoi a-t-il pensé cela ? Lui-même n'a-t-il pas, sur ses propres murs, des souvenirs des différents pays qu'il a visités ? Pourquoi cette ironie intérieure en présence d'un hôte aussi attentionné ? Antoine l'ignore et il n'a pas le temps de s'attarder à la question, Jim lui verse encore du vin en s'informant du type de travail qui l'amène pour la première fois dans l'Ouest canadien. Antoine n'a pas très envie de parler de son boulot. Il comptait sur cette seule soirée à l'abri des collègues pour se sentir ailleurs. Alors il résume, entre deux bouchées. Jim, de toute façon, ne s'intéresse pas beaucoup à la mission d'Antoine. Il lui pose ces questions par politesse, en faisant pétiller ses yeux, tout de même, laissant croire qu'il meurt d'envie de savoir, qu'il attend les réponses pour émettre aussitôt des « Oh ! *Intressant* ». Jim prononce les *r* comme Stephen Harper. Ce détail n'avait pas attiré l'attention d'Antoine à Toronto. Stephen Harper n'était peut-être pas encore au pouvoir à ce moment-là, il se le demande et continue d'échapper des « *delicious* » en s'épongeant les lèvres chaque fois.

« Voilà », dit Jim en déposant la salade sur la table. « Voilà », c'est précisément ce qu'a murmuré Antoine en raccrochant le combiné, dans sa chambre d'hôtel, surpris de s'être décidé à appeler Jim dès le lendemain de son arrivée à Calgary. Il ne fallait pas hésiter, si jamais il venait dans l'Ouest, ne pas hésiter même si l'on hésite. Dépasser l'hésitation, téléphoner. Le dépassement, Antoine connaît. Son travail le lui a appris. Il ne va pas parler de dépassement à Jim. C'est trop complexe dans une langue comme dans l'autre, il vaut mieux utiliser des mots accessibles et des références simples, viser un niveau de conversation pas trop intime. Les voyages, oui. Jim parle de Paris, mais sa façon de s'y référer sonne un peu vieille France aux oreilles d'Antoine. Peu importe, les crêpes Suzette sont « *so delicious* ». Jim, debout près de lui, propose de la crème Chantilly, prêt à appuyer sur la bonbonne de *whipped cream* qu'il vient de sortir du frigo. « *No thanks, Jim.* » Et lui, à propos, le travail… ? « *You had a new job, Jim, isn't?* » Antoine se souvient que Jim effectuait son dernier déplacement pour l'entreprise qui l'employait lorsqu'ils avaient fait connaissance. Maintenant, Jim semble embarrassé. Antoine est désolé d'avoir abordé ce sujet. « *I apologize* », murmure-t-il, mais Jim s'écrie aussitôt « *No, no, no!* Pas de faute ! » en s'échappant vers la cuisine.

Antoine entend le bruit de la cafetière expresso. Le café sera à la hauteur, il est ravi. Jim revient, les deux hommes se regardent. En fait, ils ne se sont jamais vraiment regardés. À Toronto, ils avaient sympathisé, comme le font deux hommes d'affaires échangeant leurs cartes et s'invitant mutuellement, si jamais l'un passait par Montréal ou l'autre par Calgary. Ils avaient été courtois. En tout cas, c'est ce qu'Antoine s'était dit. Et c'est pourtant lui le premier à s'être manifesté. La vie est ainsi faite, conclut-il, en prenant sa dernière gorgée de café. Il va s'en aller. C'est ce qu'il croit. Mais Jim dépose une bouteille d'armagnac sur la table. Ils se regardent encore. Chacun se demande ce qui les lie, vraiment. Ils sont là comme si cela allait de soi, mais la main de Jim, qui vient de verser le digestif rapporté du Gers, bifurque à présent, se posant tout naturellement sur celle d'Antoine qui reste figé. Jim s'approche et commence à lui caresser le visage. Ces effleurements, et puis ce parfum… Une fragrance musquée rapportée de France, sans aucun doute. Jim laisse tomber sa tête dans le cou d'Antoine et le hume à son tour. Antoine porte son eau de toilette habituelle que jamais personne ne commente. Ils se reniflent comme deux bêtes incertaines, le souffle de plus en plus bruyant, affolés. Deux bêtes étrangères. Antoine songe au mot « bête » et une image s'impose à lui, immédiatement. Une tête d'orignal empaillée, un trophée de chasse… Très vite, il pense qu'il n'est pas question de devenir lui-même un trophée dans la collection de Jim. Il se lève, brusquement. Un sentiment d'urgence. Il replace ses cheveux d'une main et attrape sa veste de l'autre. « *Thanks for the delicious dinner.* »

Cuve numéro seize

Comme tous les matins, je m'étais accroupi au pied des cuves en inox. Ça aurait dû se passer normalement. J'avais toujours accompli mes tâches sans me poser de questions, peu importe ce qui se produisait dans ma vie personnelle. Mais ce matin-là, j'ai levé les yeux vers la seize. Du moins, vers ce qu'on peut apercevoir de cette vieille cuve lorsqu'on travaille à l'intérieur de l'établissement. Son recouvrement blanc, raboteux, m'a tout de suite fait penser aux maisons peintes à la chaux, au sud de l'Espagne. Je n'avais jamais visité l'Andalousie, mais Julie m'en avait tellement parlé. Elle avait souvent sorti les mêmes photos d'elle et parfois d'Étienne. Juste assez souvent pour que s'imprègnent en moi leurs regards heureux de ces moments où ils avaient déambulé dans les rues tortueuses des villages andalous qu'elle n'a jamais cessé d'idéaliser ensuite. Était-ce bien elle qui avait souhaité qu'Étienne la photographie toujours devant des pots de géraniums accrochés à ces murs blancs texturés ? C'en était ridicule, toutes ces photos d'elle dans un décor presque identique, peu importe les villages où ils s'étaient trouvés. Ne s'agissait-il pas plutôt de ses exigences à lui ? Étienne avait-il eu un véritable penchant pour les pots de géraniums sur fonds blancs avec une belle jeune femme en avant-plan ? En tout cas, Julie avait souri, elle lui avait souri à lui et au monde entier, à cette époque, son corps frêle adossé à des murs peints à la chaux si semblables au recouvrement de la cuve numéro seize avec ses fissures… Car ce sont évidemment les fissures qui ont capté mon attention, ce matin-là.

Le contenant de plastique qui s'emplissait, tandis que j'avais détourné la tête, s'est mis à déborder. À toute vitesse, j'ai dû me précipiter sur le robinet. Ensuite, je me suis relevé, laissant tout en plan pour retourner à la vieille cuve blanche, comme si elle allait me permettre de mieux imaginer Julie et Étienne dans cette Andalousie d'il y avait plusieurs années. Je me suis demandé si j'avais réussi à rendre Julie aussi heureuse qu'en ces jours où elle avait été si légère et si belle dans la lumière du Sud. Je me suis dit que je n'avais pas le choix d'accepter qu'ils se revoient, elle et Étienne. Car elle m'avait annoncé, deux semaines plus tôt, qu'il l'avait retrouvée grâce à Internet et que, justement, il allait passer par Montréal pour son travail et souhaitait la rencontrer. Julie était d'accord. Elle n'avait pas trop attendu pour me faire part de leur échange, ce que j'avais apprécié. Elle avait aussi pensé l'inviter à manger à la maison. Certainement à tort, j'avais réagi en disant qu'elle n'avait pas à le faire entrer dans notre intimité. Alors elle avait décrété qu'elle le verrait ailleurs, non pas parce que j'avais raison, mais parce qu'ils allaient avoir beaucoup de choses à se raconter, après tant d'années…

Je me sentais acculé à un mur. Et je me réfugiais contre la cuve, me faisant à l'idée qu'ils allaient se revoir mais, du coup, je ne savais pas exactement quand. Si j'avais accepté qu'Étienne vienne à la maison, au moins, j'aurais été mis au courant du jour et de l'heure. Mais là, j'ignorais le moment de leur rencontre et le pire était certainement d'imaginer… Elle rentrait le soir et je l'examinais en essayant de percevoir chez elle une fraîcheur qu'elle n'avait plus jamais eue depuis l'époque de ces photos prises en Espagne. Elle me racontait la réunion de laquelle elle sortait ou son cinq à sept avec des copines, mais à aucun moment elle ne disait : « Mais tu sais bien, c'était ce soir que je revoyais Étienne !... »

Ce matin-là, ma collègue m'a trouvé recroquevillé contre la cuve. Découvrant du même coup le contenant de plastique rempli à ras bord, Lise a paru inquiète.

– Ça va ?

– Je ne sais plus...

Elle s'est accroupie à mes côtés, avec toute la simplicité du monde, en posant une main délicate sur le recouvrement craquelé. Il y avait beaucoup de sensualité dans la façon dont ses doigts frêles avaient effleuré cette texture raboteuse. Elle a plongé ses yeux azur dans les miens :

– Qu'est-ce qui se passe ?

– Peut-être qu'il ne se passe rien, ai-je répondu.

Elle est restée songeuse un instant, puis elle a dit :

– Parfois, on préférerait justement que quelque chose survienne, non ?...

– Je ne sais pas.

J'étais happé par ses yeux clairs et, c'est vrai, j'aurais aimé que quelque chose se produise, là, entre elle et moi, dans notre lieu de travail. Elle portait toujours des vêtements ouatés, confortables, parce qu'elle avait besoin d'être à l'aise pour pouvoir grimper sur les cuves. Elle passait sans arrêt de l'une à l'autre, agilement. C'étaient ses gestes de tous les jours. Elle redescendait en réfléchissant à sa lecture des thermomètres et alors elle faisait une moue qui la rendait irrésistible. Jamais je ne m'étais trouvé si près d'elle, jusqu'à sentir son souffle alcoolisé sous mon nez et à découvrir que le bleu pastel de son chandail kangourou s'agençait parfaitement à la couleur de ses yeux. Avec le revêtement de la cuve blanche en arrière-plan, Lise avait l'air d'une voyageuse. Je ne me souviens plus comment je me suis retrouvé à l'embrasser, mais il ne me semble pas qu'il y ait eu de résistance de sa part, sauf que, soudainement, elle s'est éloignée. Elle venait probablement de se rendre compte de l'absurdité de la situation. Mais Lise Jobin ne semble jamais mal à l'aise. Elle a donc repris une attitude professionnelle et, d'une voix tout à fait assurée, m'a annoncé :

– Julie a téléphoné. Elle m'a demandé de te transmettre un message du genre « C'est ce soir… ». Je n'ai pas trop compris, mais elle a dit que tu saisirais.

Lise a récupéré le contenant de plastique, sans faire de commentaire sur le fait qu'il était beaucoup trop rempli. Elle s'est dirigée vers le labo. Je me souviens de m'être agrippé au revêtement de la cuve pour me relever, comme un vieil homme au cœur fissuré. Mais au fond, j'étais prêt à tout.

Aujourd'hui, Lise n'a pas eu l'air surpris quand je lui ai annoncé que c'était terminé entre Julie et moi. Elle m'a tout de même jeté un drôle de regard au moment où j'ai déclaré que j'allais prendre quelques semaines de vacances en Andalousie. Elle a souri. Puis elle a regardé au loin, derrière le vitrage du labo. Et j'ai cru la voir jeter un œil en direction de la cuve numéro seize.

Dans le ciel bleu d'automne

Mon œil élabore des itinéraires extravagants qui lacèrent le paysage entre sol et ciel.

Denise DESAUTELS,
Sans toi, je n'aurais pas regardé si haut. Tableaux d'un parc.

Les outardes, en volant au-dessus de nos têtes, poussaient des cris semblables à ceux des foules autour des patinoires. Elles semblaient intarissables, puis soudain elles se sont tues. Nous n'entendions plus que le bruit de leurs ailes dans le silence parfait du ciel bleu. Des coups de patin sur la glace… Souvenirs d'hiver. Mais c'était l'automne.

Elles commençaient à s'éloigner. Tu avais déjà baissé la tête. J'ai vu que tu poussais du pied les fruits tombés de leur arbre, mais j'ai encore levé les yeux pour essayer de ne pas perdre de vue ces petits *i* à l'envers, comme en dessinent les enfants entre les nuages. Les outardes ont fini par disparaître. Tout finit par fondre à l'horizon. Même la glace. Même le soleil.

Tu avais repris le pas et je t'ai rejointe. Autour de nous, des grappes de pommes bien rouges alourdissaient les branches et elles sentaient bon l'automne. Il y en avait d'autres plutôt ocre dont tu avais oublié le nom. Tu m'as expliqué qu'elles étaient très fermes et pouvaient se conserver longtemps, une fois cueillies. Tu en as décroché deux d'une branche dont les feuilles jaunies se confondaient avec la couleur des pommes. Tu m'en as tendu une. Je n'avais pas envie de penser aux pesticides ni au fait que, dans le pays voisin, on gaze les outardes quand elles se posent en trop grand nombre sur les étangs des parcs. J'avais besoin de tout oublier et de profiter du moment. Avec toi. Et j'ai croqué ce fruit dur et juteux après l'avoir quand même frotté contre mon pull de laine. Tu surveillais ma réaction, du coin de l'œil. Puis tu as souri, la bouche pleine de jus, en comprenant que j'appréciais, autant que toi peut-être, le goût délicat du fruit.

Nous aimions marcher ensemble à la pause de l'après-midi. Tu t'arrêtais chaque fois que tu prenais la parole, comme pour mieux réfléchir et aller au bout de ta pensée. Moi, j'avais au contraire besoin de bouger, peut-être pour réussir à intégrer ce que tu me confiais. J'avais souvent l'impression de devoir te tirer par la manche pour que tu te remettes à avancer. Ce jour-là, j'ai compris que tu repoussais le moment de retourner au travail. Comme les pommiers anciens, tu avais beaucoup donné.

Nos éclats de rire fusaient de temps en temps. Nous ne savons pas exactement pourquoi ce type d'affinités naît entre les êtres, pourquoi c'est palpable à certains moments, surtout au début, et pourquoi aussi, bien souvent, les sentiments s'estompent. On y repense ensuite, en scrutant l'horizon, et l'on se prend à sourire au ciel ou aux anges, quand on croit qu'ils existent, avec le sentiment d'avoir reçu un cadeau, quand on croit que l'amitié existe, quand on comprend qu'elle est constituée de ces instants fugitifs à saisir ou à laisser filer. Nous avions des expériences de vie différentes, toi et moi, mais une persévérance semblable. La capacité de retrouver nos trajectoires perdues.

Je ne te l'ai jamais dit, au cours de ces promenades en dehors du temps… Peut-être par pudeur. Je ne t'ai jamais avoué que tu faisais partie des premiers témoins de ma trajectoire retrouvée. Je me souviens de t'avoir lancé, après avoir fini la pomme et en retenant le cœur entre mes doigts :

– C'est trop facile de s'écarter de sa voie…

Tu as haussé les épaules. À ce moment, au-dessus de nous, une outarde égarée a lancé un cri. Nous avons levé la tête. Elle volait en solitaire, avec des battements d'ailes réguliers, déterminée. Je pensais déjà le contraire de ce que je venais d'affirmer. Il n'y avait rien de plus difficile et de plus douloureux que de sortir de son sillon. Je l'avais expérimenté et toi aussi. C'était sans doute ce qui nous liait. Parce qu'après, tout est changé. On reconnaît ses semblables et on se trouve désormais lié à eux par un fil invisible. Comme des outardes dans le ciel bleu d'automne.

La marionnette

Léa et moi rêvions de voyages, puis nous sommes partis. Pendant l'été, des attroupements de spectateurs léchaient des glaces autour de nous. C'était ensoleillé dans les villes touristiques et lucratives où nous nous arrêtions. Des vieillards, de temps en temps, en nous racontant qu'ils auraient fait comme nous s'ils avaient eu notre âge, s'exprimaient dans un français presque parfait. Autrement, nous nous sommes habitués à l'anglais.

Entre Léa et moi, un regard suffit pour que nous nous entendions sur le choix d'un site pour notre spectacle de rue. Tout à l'heure, il s'agissait surtout de nous décider pour un lieu à l'abri du vent glacial. Et nous avons trouvé.

– *Ready?* demande-t-elle, en voyant que j'ai arrêté de souffler dans ma clarinette.

– Pas encore *ready,* je réponds.

Elle continue de défroisser le tissu de sa marionnette à tiges que nous avons baptisée Poppette.

– *Shit...*, dit-elle. Ils vont enterrer ta clarinette.

En soulevant le menton, elle désigne l'orchestre tsigane en train de s'installer de l'autre côté de la rue. Je finis de réchauffer mon instrument et donne vite le signal.

– *OK. Ready. Let's go!*

J'entame la pièce d'introduction et, aussitôt, la marionnette s'anime. Je ne sais pas comment elle s'y prend, Léa, pour faire bouger Poppette sans trembler, par ce froid. Sa main enfouie sous la robe doit finir par se réchauffer, mais pas celle qui manie les tiges. N'empêche, Poppette prend vie. Et je joue tant bien que mal de mon instrument aux touches un peu raides. L'automne s'est installé d'un seul coup. Nous avons vidé nos sacs à dos hier, superposant les étoffes sur nos corps grelottants.

Devant nous, un homme ralentit le pas. Une femme s'arrête. Peu à peu, des présences. Mais ce n'est plus l'été et l'étui ouvert inspire la pitié. Une fille au visage abîmé lance une première pièce de monnaie, qui rebondit sur le velours usé. Un type à l'air dédaigneux suit Poppette des yeux, puis son regard sombre revient à l'étui. Il n'apprécie peut-être pas ce que nous faisons. J'espère au moins qu'on ne nous prend pas pour des mendiants seulement parce qu'il fait froid. Je n'aime pas la pitié. Léa et moi ne faisons pas pitié. Je joue *Summertime* et Poppette se trémousse. Comme d'habitude, je fais mine de ne pas l'apercevoir. Avec ses doigts de porcelaine, elle me tape sur l'épaule. Je secoue la tête en me donnant l'air surpris. Toujours pareil. Je refuse de danser avec Poppette, qui use d'un stratagème. Mille fois qu'on répète ce scénario. J'ai proposé de le changer, mais Léa ne voit pas pourquoi. Notre boucle sans paroles rejoint les gens, les touche particulièrement au moment où la clarinette se tait et où Poppette se met à sangloter. C'est à cet instant qu'on entend le plus de pièces tomber. Je me demande si je ne fais pas durer le silence, depuis quelque temps… Au début, quand l'étui se remplissait bien, nous allions fêter. Nous ne le faisons plus. Nous amassons l'argent dans le sac péruvien de Léa en prévision des périodes difficiles, parce qu'il y en a toujours.

Léa est en train de faire pleurer Poppette, mais on dirait que c'est elle qui pleure, comme certains soirs au creux de mon épaule. Léa qui pleure, c'est émouvant. Les spectateurs sont remués, je le sens, même si dans mon champ de vision j'ai toujours le type à l'air dédaigneux. Je sais que c'est le moment. Ils vont tous plonger la main au fond de leur poche ou de leur sac à main. Mais l'orchestre tzigane entame le premier morceau. *Shit…*, pousse Léa, les dents serrées, entre deux faux sanglots. Heureusement, des pièces sont déjà tombées, mais il reste que le public est en train de se déplacer vers l'orchestre. Seul le type à l'air dédaigneux traîne derrière, un peu blasé.

Léa a raison, il a beau y avoir pas mal de pièces au fond de l'étui, et même quelques billets, il aurait pu y en avoir beaucoup plus si les musiciens n'avaient pas commencé à jouer avant la fin de notre spectacle. Notre public est maintenant en train de les applaudir. Dans mon dos, Léa soupire en rassemblant l'argent dans son sac inca. Le bruit sourd des pièces qui rejoignent les billets entassés depuis une semaine… Nous remballons tout, au plus vite, afin de partir à la recherche d'un autre lieu. Je me penche pour ranger ma clarinette quand j'entends *Shit!* et un fracas sur le sol. Au loin, le type à l'air dédaigneux court dans la rue, serrant contre lui le sac tissé de Léa. Je la regarde, immobile, les bras ballants. À ses pieds, la tête de Poppette, éclatée sur le pavé.

La clairière

Une fois descendue du bateau, hier soir, j'ai un peu oublié l'eau et le fait que nous nous trouvions sur une île. De nuit, le village m'a semblé si loin du port. Nous avons roulé sur une petite route, dans un bus qui s'arrêtait fréquemment au milieu de nulle part, et enfin le chauffeur nous a fait signe de descendre. C'était notre tour de faire défiler des silhouettes allongées sous les lampadaires d'un village perdu. Joop avait eu l'idée de réserver deux chambres dans le gîte en forêt vers lequel nous nous dirigions. Un lampadaire s'est éteint à notre passage et nos rires incertains ont aussitôt résonné dans le silence mouillé qui nous enveloppait. C'étaient des rires fatigués. Nous avions hâte de trouver nos lits. Joop portait mes bagages et les siens. Il ne se plaignait pas. En tendant vers lui une main décidée, j'ai dit :

– Tu es trop chargé.

– Chargé comme un mulot ! a-t-il lancé d'un ton léger, sans consentir à ce que je prenne quoi que ce soit.

– Mulet, l'ai-je repris en riant.

– Ah oui, tête de mulet !

C'est donc hier que j'ai commencé à le surnommer « mon mulot ». Peut-être que ce surnom lui restera. Peut-être pas. Il y a déjà tant de mots chargés d'histoires entre nous. J'aime beaucoup rire avec lui. Ses cheveux blonds qui ondulent de chaque côté de ses oreilles lui donnent l'air d'un chien sympathique. J'ai toujours aimé voyager avec Joop. Le suivre là où il aime courir. Il a un sens de l'orientation sans pareil. Moi pas. On nous prend souvent pour un couple. Le malentendu a d'abord commencé entre nous. Nous en étions encore au vouvoiement quand je lui avais murmuré : « Joop, je vous aime beaucoup. » Il s'était tout de suite assuré que personne autour ne m'avait entendue, personne qui aurait risqué de rapporter mes paroles à sa femme de l'époque, que je ne connaissais pas et qui était particulièrement jalouse. Joop s'était refroidi. Je ne comprenais pas. C'est plus tard que j'ai su qu'il avait pris mon commentaire pour une déclaration d'amour, pauvre Joop !

À l'arrière de sa bicyclette, je vois le panier à pique-nique qui vacille. Il porte encore tout, mon mulot, en roulant devant moi entre les arbres aux troncs recouverts de mousse. La fraîcheur de la forêt sur mes jambes nues. Le soleil qui joue avec les feuillages. Et lui qui sifflote, heureux à l'idée de me faire découvrir une jolie clairière, car j'imagine que c'est là qu'il souhaitera s'arrêter. Il apprécie les espaces ouverts où ça sent bon, où il y a plein de lumière à boire tandis qu'on peut regarder filer les nuages, les mains croisées sous la nuque.

Au marché, tout à l'heure, j'ai pris plaisir à humer les parfums, les yeux fermés sous le soleil. Je me disais que nous avions de la chance qu'il fasse aussi beau le jour de notre pique-nique dans un pays réputé pour la pluie. Joop était en train d'acheter des fruits, des pâtés, des fromages et des petits pains. Il était enthousiaste et content. Moi aussi. C'est en plaçant les emplettes dans la corbeille, avant de regagner la forêt, que j'ai pu constater l'ampleur des achats. « Tu es plus gourmand que moi », ai-je remarqué. Joop donnait déjà les premiers coups de pédales et je n'avais plus qu'à le rattraper. Plus gourmand que moi, il n'était sans doute pas d'accord. Nous sommes rarement d'accord. De là aussi le fait qu'on nous prenne souvent pour un couple.

Il me semble que Joop a accéléré. En tout cas, depuis tout à l'heure, il ne siffle plus ces airs joyeux qui emplissaient la forêt, ponctués par des chants d'oiseaux qui, du coup, avaient quelque chose de taquin. Non, je ne l'entends plus siffler. Et l'écart entre nos vélos ne fait que s'accroître. Je lui crie :

– Eh ! Mon mulot !...

C'est comme si je n'existais pas. Je suppose que nous devons approcher d'une clairière, de là le fait qu'il s'excite, qu'il accélère à en perdre les pédales. Le panier à pique-nique bringuebale à l'arrière de sa bicyclette, je commence à craindre pour notre casse-croûte. Je tiens fermement mon guidon et m'y mets, moi aussi. Le rythme auquel j'avance est sans rapport avec la façon dont j'ai mouliné jusqu'ici.

Cela devient plus difficile. Le sol, qui était ferme et couvert de brindilles, n'est plus tout à fait le même. Je m'enlise. Et puis ça monte. J'entends le rire de Joop, là-haut. Il a lâché les poignées et ouvre grand les bras vers le paysage qui s'étend devant lui. Mes roues s'enfoncent dans le sable. J'avais oublié les dunes. J'avais oublié l'eau. Je n'avais même pas imaginé que la clairière, cette fois, ce serait la mer.

Un cœur

– Et si ça ne se passe pas bien, Annie ? me suis-je inquiétée.

– Et si c'était bien ? a rétorqué ma tante.

Je suis montée dans le wagon et j'ai vite repéré mon siège. La fenêtre donnait sur le quai où elle se tenait encore, toute droite. Sous son regard attentif, j'ai gesticulé pour signifier que j'allais pouvoir prendre mes aises puisqu'il n'y avait personne à côté de moi.

À la fermeture des portes, au moment du coup de sifflet, Annie s'est approchée de la fenêtre sale. En vitesse, elle a allongé l'index et a dessiné un gros cœur au milieu. Le train a commencé à avancer. Elle a agité la main.

Le cœur tracé dans la poussière encadrait le paysage en mouvement. Annie allait m'accompagner, d'une certaine façon. Je n'étais pas si seule parmi les autres passagers.

J'ai installé mon sac à dos sur le siège vacant. J'ai enroulé ma veste pour m'appuyer contre la fenêtre, contre le cœur d'Annie et contre le paysage. « Et si c'était bien ? » me suis-je répété. J'ai rangé mon téléphone et j'ai croqué ma pomme. C'est à ce moment qu'a surgi une grande femme essoufflée, perchée sur des escarpins. Elle peinait à se déplacer avec ses sacs dans l'allée étroite. En regardant dans ma direction, elle a murmuré :

– Ouf, c'est ici.

J'ai rapatrié d'une seule main les effets que j'avais étalés sur son siège. J'ai posé mon sac par terre, entre mes jambes, en croquant encore ma pomme cueillie la veille avec Annie.

– Excuse-moi, a dit la femme en cherchant à rattraper son souffle.

Elle avait une voix d'homme. Au-dessus de moi, sur le porte-bagages, elle a posé quelques affaires avant de se laisser tomber sur son siège. Elle a libéré ses longs pieds de ses escarpins, pour les masser l'un après l'autre. Elle a encore fait « Ouf » en tournant la tête vers moi, puis a émis un petit rire, plus aigu que sa voix parlée. Je me suis tournée vers la fenêtre. Le ciel commençait à s'obscurcir.

– Un cœur ! a-t-elle remarqué. On voit souvent des cœurs fléchés. Celui-ci est intact.

Malgré moi, j'ai échappé :

– C'est Annie qui l'a dessiné.

Sans hésiter, elle a décrété :

– Annie t'aime.

Je l'ai regardée.

– Annie, c'est un peu ma mère.

– Tu n'as pas de mère ?

– J'en ai une… Elle est morte.

Nous nous étions tournées l'une vers l'autre. Ses yeux très maquillés avaient plongé dans les miens. Un regard d'homme, ému. En même temps, je voyais qu'elle restait perplexe. Cette interrogation au fond de l'œil : « Est-ce que tu me dis la vérité ? » J'ai baissé les yeux vers mon sac. Alors elle a lancé :

– Je m'appelle Andrée. Tu m'as donné faim avec ta pomme.

Elle a sorti une banane de son sac à main. Ce n'était pas très élégant. Elle l'a épluchée, un sourire en coin, haussant les épaules avant de prendre la première bouchée. Je me suis présentée.

– Mégane.

J'ai jeté mon cœur de pomme dans la poubelle, sous la fenêtre. Ce qu'il restait de paysage défilait à toute allure. Puis j'ai commencé à distinguer des passagers endormis, cou cassé et bouche ouverte, qui se reflétaient dans la vitre. Je n'avais pas sommeil. Et j'ignorais si Andrée avait l'intention de dormir après avoir avalé son fruit.

– Excuse-moi, a-t-elle repris.

Elle a tendu sa peau de banane vers la poubelle. J'ai soulevé le couvercle et elle l'a jetée.

– Merci, Mégane.

– Avez-vous des enfants ? me suis-je informée.

– Non, non.

Elle s'est précipitée sur son sac à main. Je me suis demandé si je ne venais pas de lui ouvrir l'appétit, encore une fois, et si elle n'allait pas saisir une deuxième banane. Elle a plutôt attrapé sa tablette. Elle a cliqué sur l'album de photos. Elle n'allait certainement pas me montrer des photos de ses enfants puisqu'elle n'en avait pas. C'est l'image d'un homme qu'elle a brandi sous mon nez. Son mari ?

– C'est… C'était moi, a-t-elle annoncé.

– Ah.

Décidément, me suis-je dit.

– C'était une bonne décision, s'est-elle empressée de m'expliquer. Je n'ai pas eu d'enfants, mais je me suis donné naissance, en quelque sorte.

Pendant un moment, j'ai pensé qu'elle attendait une réaction de ma part. Il n'y avait plus entre nous que le bruit des roues sur les rails. J'examinais mon propre reflet dans la vitre. Le temps passait. J'avais l'air découragé. Pourtant, qu'est-ce que j'en avais à faire de ces gens qui se donnent naissance en changeant de sexe ? Qu'est-ce que j'en avais à faire ? Je sentais la colère monter. Je me suis brusquement tournée vers elle, mais en ouvrant la bouche, j'ai aperçu la sienne, béante. Un peu de bave avait commencé à mouiller la commissure de ses lèvres. J'ai noté qu'elle avait dû appliquer du rouge après avoir avalé sa banane. Elle est coquette, je me suis dit avec un ton ironique dans ma tête. Mais comme ça, la mâchoire décrochée, les muscles du visage complètement lâches, elle ressemblait à tous les autres passagers en train de dormir, hommes et femmes confondus. Hommes et femmes confondus, me suis-je répété en posant la tête sur ma veste enroulée contre la fenêtre et contre le cœur d'Annie. C'est en écoutant le ronflement d'Andrée que je me suis endormie…

L'annonce de notre entrée en gare m'a réveillée. J'ai passé un bras dans la manche de ma veste froissée et Andrée a sursauté.

– On est arrivés ? a-t-elle vérifié en écarquillant les yeux.

Son mascara avait coulé. Elle a sorti son miroir de poche pour réparer les ravages d'un mauvais sommeil sur sa peau fanée.

Le train s'était presque immobilisé quand elle a enfilé ses escarpins. Elle a attrapé ses affaires et est sortie dans l'allée, reculant de quelques pas pour me céder le passage. Aucun au revoir, comme si on allait faire mieux une fois hors du train.

En mettant le pied sur le quai, je me suis répété : « Et si c'était bien ? » J'ai tout de suite repéré un complet clair, au loin, et ne l'ai pas quitté des yeux en avançant. La carrure ne réussissait pas à semer le doute dans mon esprit. C'est sans hésitation que je marchais vers ces bras ouverts. Le visage se précisait. Je l'aurais reconnu parmi trente-six mille autres. Il y avait cette expression de joie aussi, ce sourire tellement familier sous la moustache. Car c'était bien vrai que des poils avaient commencé à recouvrir sa lèvre supérieure. Avant de me laisser tomber dans ses bras, je me suis retournée. Andrée n'était pas loin derrière.

– Andrée !… Je vous présente ma mère.

Le vent, qui éteint une lumière, allume un brasier

Pierre Augustin Caron de Beaumarchais.

Le sac

La cloche sonne. L'auto est là, garée devant l'école. Mais tellement mal garée… Je sors. Il devrait agiter la main. La voiture semble vide. J'approche et l'aperçois, replié sur le volant, tout plissé. Il ne dort pas, ce n'est pas possible, qu'est-ce qu'il fait comme ça, avachi ? Il est malade ? J'ouvre la portière. L'odeur. C'est pourtant mon père, pas mon vrai père, mais mon père quand même. Pas assez raide pour être mort. L'odeur… Ivre mort.

C'est un sac. Un gros sac mou, écrasé, qui glisse vers moi. Je le retiens pour ne pas qu'il tombe. Je le protège, mais je le hais. Je le brasse. Comme un sac, oui, un sac lourd.

Il ouvre un œil. Il marmonne et ça pue. Je vérifie autour de nous et, heureusement, personne ne regarde par ici. Qu'est-ce que je fais ?

J'appelle ma mère au travail. J'explique qu'il a recommencé. Elle reste calme. D'une voix posée, elle me dit qu'elle saute dans un taxi et qu'elle arrive. Entre eux deux, c'était pourtant clair quand ils se sont rencontrés. Je me souviens qu'il ne trempait même pas les lèvres dans la coupe de champagne qu'on lui tendait. Ça ne l'intéressait pas. Tout le monde trinquait, mais pas lui. C'était la fête, il y avait plein de bouffe, des amis et de la musique, ma mère paraissait heureuse et lui, plutôt fier. Je ne l'appelais pas encore papa, mais il semblait être là pour rester. Et maintenant, qu'est-ce qu'il nous fait ?

– Qu'est-ce que tu nous fais, hein ? je demande, en secouant ce gros sac mou sur le siège.

Je m'assure que personne n'a entendu. Est-ce que ça s'entend quand on s'adresse à un sac qui n'est pas un vrai père, mais un père quand même ? Monsieur Bonneville quitte l'école avec sa petite mallette. Il traverse la rue, ne remarque rien. Est-ce qu'il est le père de quelqu'un ? Est-ce qu'il se soûle la gueule de temps en temps ? Pourvu que ma mère ne débarque pas en larmes, pour en rajouter. J'imagine l'attroupement autour de l'auto et de ce sac répugnant qui pourrait glisser hors de la voiture ou, pire, commencer à se vider... Une odeur de vomi, il ne manquerait plus que ça.

Le secouer, mais pas trop, pas autant que j'en aurais envie. De toute façon, ça ne donne rien, sinon des grognements.

C'est bien la première fois. Mais l'odeur, par contre, a quelque chose de familier. Était-ce mon vrai père qui venait se pencher au-dessus de mon lit en marmonnant des mots inaudibles ? Je pense inaudibles parce que je n'arrive pas à me rappeler. Il y avait des mots, mais surtout un corps au-dessus du mien, et l'haleine, ce souffle puant sur mon visage... Le poids du sac m'étouffait. C'était mon vrai père ? Je ne sais tellement rien de lui, sinon qu'il s'est volatilisé un jour. Ma mère a pleuré, j'imagine. Mais là, elle va sangloter, ça va se voir et s'entendre, devant mon école. Au moins, monsieur Bonneville est parti. Il ne va pas s'en mêler. Il ne reste plus grand monde. Ma mère s'en vient, elle reprendra son sac et puis voilà. Je m'en laverai les mains. Qu'elle me laisse tranquille avec leurs histoires. Il va dégriser, s'expliquer, mais qu'elle me laisse tranquille. « M'man, reprends ton sac et règle tes problèmes ! »

Je donne un coup de pied sur le pneu avant de la voiture. Un taxi s'arrête. Ma mère descend. Le chauffeur ne s'en va pas, il attend. Maudit curieux. Les yeux secs, ma mère me lance : « Monte dans le taxi ! » Je ne bouge pas. Je la regarde avancer d'une démarche déterminée. Elle ouvre la portière, repousse le corps mou au lieu de l'attirer vers elle. Elle attrape le trousseau qui pend sous le tableau de bord, arrache la clé de la maison et sort. Elle prend bien soin de refermer la portière contre le sac ronflant à l'intérieur. Elle me prend par le bras et m'entraîne dans le taxi. Une fois assise, elle me glisse à l'oreille :

– Maintenant, c'est fini. On sera tranquilles.

– Tu crois ?

– Ça s'est passé de la même façon avec ton père.

Si heureux

C'est l'arbre qui chante
avec l'oiseau
tout vert et ouvert
à la lumière muqueuse
du soleil

Patrice DESBIENS,
Les abats du jour.

Hier, j'ai quitté l'équipe en poussant une blague au sujet des deux coqs qui se tournent le dos au milieu des trophées. Tout le monde a ri. L'atmosphère était détendue, la réunion s'était bien déroulée. Je me disais qu'à la fin de mes journées, je n'étais plus fatigué comme avant. Je suis monté dans ma voiture en me félicitant d'avoir acheté ce nouveau modèle. Comme dans les publicités, j'ai appuyé sur le bouton et j'ai filé. J'ai pensé à quel point j'aime conduire cette voiture. J'ai roulé sur le revêtement qu'on vient tout juste de terminer. La vie était lisse et bonne.

À l'épicerie, j'ai trouvé tout ce que j'avais griffonné sur ma liste pendant la réunion. Je n'allais manquer de rien. Il n'y avait pas de queue à la caisse. J'ai glissé ma carte de débit et l'opération s'est faite rapidement. J'avais apporté des sacs et la caissière les a remplis. Elle m'a remercié et j'ai fait de même. Après avoir déposé les courses sur la banquette arrière, je me suis assis au volant. Je n'ai eu qu'à prononcer « Geneviève » et la composition de son numéro s'est faite automatiquement. J'ai entendu la sonnerie, elle a tout de suite décroché. Elle semblait ravie de me trouver au bout du fil. Sa voix résonnait dans l'habitacle qui sent encore le neuf. Elle s'est dite bien contente de venir partager avec moi la pintade rôtie aux pêches que j'avais l'intention de préparer. Elle a proposé d'apporter une bouteille. Elle sait choisir les vins, j'étais tranquille.

J'ai trouvé à me garer directement devant l'immeuble. J'ai pu aisément transporter mes sacs d'épicerie. L'appartement sentait bon. Nadège était passée, en plus elle avait lavé les vitrages. La cuisine était lumineuse et j'avais très envie de cuisiner.

Je me suis mis à l'aise. Sur le canapé, Minou dormait, la tête renversée dans le moelleux de mon chandail en alpaga. Je me suis versé un verre.

Quand j'ai eu placé la pintade au four, j'ai préparé un dessert et j'ai lavé les ustensiles avant de mettre la table. En sortant les serviettes, je me suis rappelé les avoir achetées avec Geneviève lors d'un voyage au Portugal. Elle s'était offert une nappe en me disant que j'allais peut-être regretter de ne pas en acheter une, moi aussi. Mais je ne l'ai jamais regretté. Ces serviettes s'agencent bien avec ma nappe. Je n'avais besoin de rien d'autre.

Minou s'est étiré, il s'est laissé glisser en bas du canapé pour venir se frôler contre mon jean. Je l'ai soulevé pour me rendre à la fenêtre en le serrant dans mes bras. Il est devenu frileux. L'impression d'un petit squelette à poils, à présent… Je lui ai caressé la tête et il s'est mis à ronronner d'un souffle rauque.

Je supposais que Geneviève allait bientôt arriver. Il restait encore une place où se garer. Minou a aperçu un oiseau sur la branche du sorbier. Il a tendu le cou et sa mâchoire s'est mise à trembloter. Il était plein de désir pour quelque chose d'inatteignable.

On a frappé vigoureusement à la porte. Minou a pris peur et m'a griffé la main en sautant. La griffe de sa patte arrière s'est prise dans mon tricot et il a miaulé. En me dirigeant vers la porte, j'ai aperçu le trou dans mon pull. La boucle de laine qui pendait… J'ai ouvert. Sur le palier, la voisine d'en haut n'a pris aucun détour pour me demander s'il n'y avait pas une fuite dans le plafond de ma salle de bain. J'ai dit qu'il me semblait que non. Elle m'a emboîté le pas et nous avons constaté que mon plafond commençait effectivement à goutter. Elle a raconté qu'elle venait de rentrer chez elle et que c'était encore pire à cause des voisins du dessus dont le chauffe-eau avait éclaté pendant la journée. Elle semblait démoralisée. Je ne l'étais pas. Même si j'avais un trou dans mon pull, des cloques au plafond de ma salle de bain, même si mon chat semblait encore terrorisé et qu'il me fallait désinfecter mon égratignure, non, je n'étais pas démoralisé. J'avais oublié son prénom et elle me l'a rappelé, sur le ton de quelqu'un qui trouve que la situation d'urgence dépasse largement la question des prénoms. « Sara pas de *h* », elle a soupiré. Je n'avais pas l'intention de lui écrire, mais je savais que dorénavant, si la situation l'exigeait, je n'allais pas devoir utiliser la lettre *h* en m'adressant à elle. Elle m'a jeté un œil intrigué avant de sortir. Elle a dit : « Vous semblez bien calme… Et puis ça sent bon, chez vous. » Je lui ai répondu qu'il s'agissait de la pintade qui était en train de rôtir et qu'il allait y avoir des pêches et du sucre d'érable là-dedans, que ça n'allait pas être dégueu. Elle a souri. Sara pas de *h* avec des fossettes, j'ai pensé. C'est alors qu'elle a précisé : « Ils ont déjà appelé le plombier » et qu'elle m'a tourné le dos pour arriver nez à nez avec Geneviève dont le premier bonjour a été de se plaindre : « J'ai passé une demi-heure à tourner en rond avant de réussir à me garer. C'est impossible ici ! » J'ai reculé d'un pas, jetant un œil à la fenêtre et, de fait, la place avait été prise par un Hummer détestable qui stationne là parfois. Sara a précisé qu'elle n'avait pas de voiture. Elle a complimenté Geneviève pour son collier en ajoutant qu'elle connaissait bien la joaillière qui a créé la collection. Pendant qu'elles tripotaient les formes géométriques du collier, leurs mains sont tombées l'une sur l'autre comme celles des bébés qui font rouler des boules en tapant dessus. Heureusement, je me suis rendu compte que Geneviève était en train d'échapper la bouteille et je l'ai rattrapée de justesse. J'ai demandé à Sara si elle souhaitait prendre l'apéro avec nous. Elle a décliné à regret, à cause de cette histoire de plafond qui menaçait de s'effondrer chez elle. Et elle est montée. Geneviève en a profité pour avancer vers Minou dont elle a aussitôt commenté la maigreur. Elle le trouvait bien caduc. Je lui ai montré le trou dans mon pull et elle s'est désolée. En entrant dans la salle de bain, elle m'a signalé que, si ça continuait, j'allais avoir des problèmes de moisissures avec cette histoire de dégât d'eau.

J'étais en train de désinfecter ma griffure quand elle a proposé de réparer mon pull. Je ne lui connaissais pas ce talent et j'hésitais à lui confier mon vêtement quand elle s'en est emparée, me demandant du même coup s'il n'y avait pas quelque chose qui commençait à brûler. J'ai reniflé, le temps de penser à la pintade. Mon Dieu, la pintade… Je l'avais négligée avec tout ce branle-bas. Comme la bouteille de vin, j'allais la rattraper de justesse. Ma foi, je me suis dit, la vie est bonne et presque lisse. Il s'agit seulement de rattraper les choses quand il en est encore temps. Minou s'était tourné sur le côté et sa respiration me semblait rapide, mais j'étais préoccupé par la pintade à laquelle je devais ajouter le sucre d'érable et les pêches, et j'étais préoccupé aussi par la façon dont Geneviève s'y prenait pour réparer mon pull. Il me semblait que ce n'était pas de cette manière que les gens reprisaient. Je n'aurais pas su faire, alors je l'observais sans rien dire. En piquant et en repiquant l'aiguille, elle n'arrêtait pas de me prédire des malheurs, mais cela s'est arrêté quand elle a dû retenir le bout de laine entre ses dents. Nous avons pu passer à table. Elle m'a demandé si je ne regrettais pas la nappe que j'aurais dû acheter au Portugal, mais je lui ai fait signe que tout allait bien.

La pintade n'a pas semblé l'enchanter. Il s'agissait pourtant d'une bonne recette. Le sabayon aux petits fruits est passé sous silence, mais par contre Geneviève s'est précipitée sur les tartelettes portugaises que j'avais achetées. Volontairement, j'ai été avare de compliments au sujet du vin et de son reprisage. Elle est repartie d'assez bonne humeur malgré cela.

Après avoir débarrassé la table et fait la vaisselle, j'ai retrouvé Minou qui ne semblait pas en mener bien large. La soirée s'est terminée à la clinique où on l'a rattrapé de justesse. Je l'avais enveloppé dans mon chandail en alpaga, qui a été taché. Ce n'était rien, après tout, puisque Minou allait survivre. J'ai supposé que je n'avais qu'à faire un trempage pendant la nuit pour que tout s'efface. J'ai aussi réfléchi aux odeurs de moisissure que Geneviève m'avait fait craindre, puis j'ai décidé de me mettre au lit.

Je n'avais jamais remarqué à quel point Sara marchait du talon. Le bruit ne semblait pas déranger Minou, blotti contre moi. C'était vrai qu'il avait maigri et que j'allais devoir me faire à l'idée de son départ. « Son ronronnement rauque va me manquer », me suis-je dit avant de m'endormir.

Je n'ai pas entendu le réveil. Ce n'est pas si grave, l'atmosphère est bonne au boulot, ils excuseront mon retard.

Je jette un œil à la fenêtre. On m'a collé une contravention. Je n'ai pas déplacé ma voiture à l'heure, tant pis pour moi. La journée vient de commencer et je me sens déjà fatigué…

En passant devant le lavabo, j'entrevois mon chandail dont la tache a à peine pâli. Je demanderai conseil à Geneviève. Je prononcerai son nom, dans ma voiture, et si elle décroche, nous parlerons. Mais pour l'instant, je suis pressé.

Les blessures

Tilio se réveille toujours à la même heure, au milieu de la nuit. Quand la lune est pleine, il croit que c'est elle, la coupable. Il se lève et, par la fenêtre, il observe l'ombre de l'érable à Giguère sur la neige. La lueur de la lune est puissante, pense-t-il. Il se recouche, mais a ensuite beaucoup de mal à se rendormir.

Nuit après nuit, il se réveille ainsi. Le cadran lumineux indique trois heures, qu'il y ait une lune ou qu'il n'y en ait pas. C'est devenu une habitude. Pourtant il ne s'habitue pas. Surtout le matin, quand il a réussi à se rendormir à l'aube, il éprouve de la difficulté à se lever pour l'école.

– C'est devenu un vrai calvaire de le tirer du lit ! se plaint madame Brunet, qui ne râle pas souvent.

Il a connu d'autres familles, ces dernières années. Celle-ci est bien. La nourriture lui paraît correcte, le couple Brunet n'est pas trop envahissant. Tilio ne déteste pas la présence du petit Colin, non plus. Il ne connaît pas son histoire, mais il sait qu'il a eu un traumatisme. Lorsqu'on avance la main vers l'enfant, il faut le faire très doucement. Colin doit voir venir. Même si cette consigne n'est pas difficile à retenir, la semaine dernière, Tilio n'y a tout simplement pas pensé. Il rentrait de l'école et, heureux de retrouver Colin, il s'est approché de lui, a tendu la main de façon un peu rapide et, tout de suite, l'enfant a paniqué. Il a commencé à hurler. Tilio lui a ouvert les bras, en prenant soin de ne pas avancer, mais rien n'y faisait. Colin se recroquevillait sur lui-même et sanglotait en se protégeant la tête. Madame Brunet a surgi dans la pièce et a simplement prié Tilio de se retirer. Elle a semblé saisir qu'il ne l'avait pas fait exprès.

On peut reprocher beaucoup de choses à Tilio, mais effrayer intentionnellement des êtres plus fragiles que lui, vraiment, ce n'est pas son genre. Oublier des consignes, par contre, c'est sa spécialité. À l'école, depuis des années, on le lui crie sur tous les tons : « Tilio, concentre-toi un peu ! Tilio, écoute quand on te parle ! Tu as entendu ce que je viens de te dire ? » Ce qui est bien, chez les Brunet, c'est que des consignes, il n'y en a pas des milliers. Monsieur et madame Brunet ne les multiplient pas comme on le fait à l'école et dans les autres familles. Il en a raté une, pourtant. Ne pas effrayer Colin… Comment a-t-il pu ? C'est cette question qui revient le tarauder à présent, lorsqu'il est réveillé au milieu de la nuit. Il a fait pleurer Colin, il l'a effrayé… Tilio y pense toujours en se retournant brusquement dans son lit. Il s'en veut. Il s'épluche les ongles d'orteils jusqu'à ce que le sang gicle. Si la lune se cache derrière les nuages, il allume la lampe pour éponger, puis il s'en veut de plus en plus, songeant aussi à quel point ce sera pénible lorsqu'il portera ses chaussures. Au cours de gym, surtout, le contact des orteils sur le rebord… Pourquoi a-t-il fait cela ? Et pourquoi a-t-il oublié une des si rares recommandations des Brunet ?

La nuit dernière encore, Tilio a enfoui sa tête sous les couvertures. Il se détestait. Il rêvait de disparaître. Disparaître, se répétait-il en plongeant dans le sommeil…

Ce matin, le réveil a sonné et il n'a pas bronché. Ensuite, madame Brunet est venue frapper à la porte de sa chambre. Il a fait un effort pour sortir du lit. Il a mis un moment à pouvoir se porter sur ses pieds. La douleur à l'endroit des ongles arrachés irradiait. Dans le couloir, les paupières encore collées, il a marché pieds nus vers les toilettes. Il a à peine levé les yeux vers monsieur Brunet qui lui a dit bonjour. Tilio ne s'est pas douté que l'homme venait d'apercevoir ses doigts de pieds couverts de sang séché. Maintenant dans la cuisine, Tilio entend madame Brunet lui murmurer :

– Tu as des blessures à soigner…

Sur la table, près de son jus d'orange, le tube de pommade et les pansements. Une chaleur envahit son torse en même temps que son visage. Pas de doute que ses chaussures le feront souffrir, de toute façon. Pendant ce temps, il aura moins mal à l'intérieur.

Le ballon

Entre mes doigts, je fais tourner le ballon tout mou, dégonflé. Je le replace dans l'herbe mouillée. Le ballon volant n'est plus volant. Il n'en demeure pas moins qu'il est là et qu'aucun des voisins ne joue au ballon volant. Les jardins sont trop petits. Je ne sais pas qui a pu le lancer dans le nôtre. Je veux dire dans le mien. Il ne faut pas dire « le nôtre » quand on vit seul. Cela m'a échappé, je ne sais pas pourquoi. Je ne sais pas, non plus, pourquoi le ballon a atterri ici, chez moi, je ne dis pas chez nous. Pourquoi il est là et, surtout, comment je dois en disposer. Car ce sera dorénavant impossible de jeter un œil dans le jardin sans l'apercevoir, sans me demander chaque fois s'il ne vaudrait pas mieux m'en débarrasser avant d'avoir fait enquête. Je dis faire enquête, on croirait qu'il y a eu un crime, mais ce n'est pas un crime, c'est une intrusion. Chez moi, c'est une propriété privée. L'autre jour, une bouteille a atterri sur le terrain. Il y avait de la merde dedans. Cela s'appelle du vandalisme. D'accord, ils n'ont rien brisé, cela ne s'appelle peut-être pas du vandalisme, mais en tout cas il y a une certaine violence dans le fait de jeter de la merde chez quelqu'un, comme ça, dans une bouteille. Une bouteille à la mer sert à livrer un message, mais dans un jardin, avec de la merde embouteillée, quel est le message ? Et ce ballon, qu'est-ce qu'on peut bien avoir foutu dedans ? Je le reprends du bout des doigts et le rapproche lentement de mon visage. Seulement pour renifler, à une certaine distance. Ça ne sent pas la rose, d'accord, mais pas la merde, non plus. C'est tout ce que je peux dire. Pour savoir s'il y a un message dedans, il faudrait pratiquer une incision. « Il ne faut quand même pas devenir parano », disait parfois Mollie. Mais Mollie, c'est fini. En disant cela, je me rends bien compte que j'avais peut-être là un tube dont je n'ai rien fait. Je connais la musique. Ça, je peux le dire. Et les peines d'amour, ça fait des succès. Je n'ai pas su saisir ma chance. Si l'on peut parler de chance. Parce que Mollie, ses messages, elle les communiquait. Sans penser aux conséquences, elle y allait, et puis moi je subissais. J'encaissais. Maintenant, je devrais avoir la paix, « *la pââââââââ !* » qu'elle criait, Mollie, pour réclamer la tranquillité. Moi, j'encaissais, mais elle, il ne fallait pas lui marcher sur les pieds... En tout cas, avec un jardin, si petit soit-il, on croit qu'on aura la paix. Et un beau jour, on se retrouve comme ça, avec une bouteille de merde et ensuite avec un ballon mou. Sans parler des confettis de polystyrène emportés par le vent. Un petit vent du sud et ils s'étaient engouffrés sous la clôture. Au moins, on savait qu'ils avaient été emportés par le vent, les confettis. Ça venait du vent. On savait. Je dis « on » parce que c'est « on ». Mollie était déjà partie, mais des voisins aussi avaient reçu plein de confettis à travers la clôture, alors je peux dire « on ». On ne se demandait pas de la part de qui ils venaient, mais on en avait marre. C'était l'enfer pour les ramasser. Ils étaient si légers qu'ils virevoltaient en nous collant dessus, comme quelque chose qui s'installe doucement, l'air de rien, tout léger, mais qui ne décolle plus. Je connaissais. Peut-être que les voisins aussi connaissaient, je n'ai jamais vérifié. Mais c'est universel, tout le monde connaît, quand ça arrive tout léger et que ça ne décolle plus, que ça s'incruste, c'est universel. S'il y avait un message, il était universel. Et avec un message universel, tout le monde sait qu'on peut faire un tube. Mollie, c'est fini. Les confettis et les chichis, finis ! Je ne veux plus de ballon dans ma cour, je veux « *la pââââââ !* ». Elle pourrait comprendre ça, Mollie. Je ne l'appellerai plus, c'est promis, mais cette fois-ci seulement, je compose le numéro que je sais par cœur, c'est-à-dire incrusté dans le cœur, Mollie, allô Mollie, ne raccroche pas, je t'en prie, viendrais-tu seulement me débarrasser d'un ballon dégonflé, légèrement mouillé, tombé dans le jardin ?

Les fenêtres de l'homme

– Les autres ! Je ne les ferai jamais assez payer.
– Quel mal te font-ils ?
– Ils me regardent et je me vois.

Françoise LORANGER, *Mathieu.*

Son visage émacié. Le teint blafard sous l'éclairage cru de la salle de cours. Son regard, caché derrière ses lunettes noires qu'il ne retire jamais. Une sorte d'écran, les lunettes, pas si différent de celui dans lequel il se plonge en permanence. Les autres se réfugient aussi derrière leur ordinateur. Ils se cachent. Ou se révèlent. Il n'est pas impossible que, parmi les moins équilibrés, il s'en trouve un qui débarque un jour dans un lieu public pour se mettre à tirer sur les gens. Après, on dira qu'il ne s'était jamais mêlé à son entourage, qu'il était renfermé et qu'on le connaissait peu.

Mon étudiant ne tuera sans doute personne, mais il utilise des paroles assassines dès qu'on s'adresse à lui. Il en utilise certainement dans ses courriels aussi, ou peut-être dans un blog. Je n'en sais rien. En tout cas, il en veut aux autres. Il en veut au monde entier.

Je ne lui ai jamais demandé de retirer ses verres fumés dans la salle de cours. Il ne me parle pas souvent, n'est pas de ceux qui lancent des « Monsieur ! Monsieur ! » à tout moment, la main levée. J'essaie donc de ne pas m'occuper de lui plus qu'il ne s'occupe de moi. Il draine malgré tout mon énergie. S'il s'absentait une fois, je ne donnerais pas le même cours.

Rien à dire, il remet ses travaux dans les délais. Lorsqu'il se poste devant mon bureau, je ne peux m'empêcher de m'attarder à ses ongles noirs, puis à ses verres fumés tachés de doigts gras. J'évalue la quantité de pellicules sur son t-shirt, mais n'ai pas le temps de l'observer davantage, il me tourne le dos afin de regagner sa place et de retrouver son clavier d'ordinateur pour se remettre à taper frénétiquement. Il ne tape pas seulement pendant que j'explique. Il ne fait pas que prendre des notes. Parfois, dans la salle de cours, on n'entend que cela, ses doigts sur le clavier. Il tape avec rage, on dirait.

Je n'ai jamais eu peur de mes étudiants. Est-ce que j'ai peur de lui ? Non. Qu'est-ce qu'on pourrait craindre exactement ? La session s'achève et il aura une note digne des travaux corrects qu'il me remet ponctuellement. Je n'ai pas à me prononcer sur son état psychologique. Il y a longtemps que je ne développe plus de relation d'aide avec mes étudiants. Ils font ce qu'ils ont à faire et sentent bien que, pour le reste, je ne suis pas là pour ça. Je préfère qu'ils ne me sollicitent pas. Je préfère qu'ils continuent de prendre des notes plutôt que de me dévisager, de m'analyser en imaginant ce qu'est ma vie privée. Ils n'ont pas à savoir qu'il m'arrive de corriger leurs examens le samedi soir parce que je n'ai rien de mieux à faire. Ils n'ont qu'à écouter, à assimiler la matière et à me la restituer ensuite, c'est tout. Pas de débordements.

– C'est tout pour aujourd'hui, je leur annonce alors qu'ils ont déjà rabattu le couvercle de leur appareil et s'apprêtent à le remballer. À la semaine prochaine…

Des débordements, non, je n'en veux pas ici. Qu'elle se le tienne pour dit, la petite sotte qui s'attarde si souvent après le cours. Encore maintenant, elle ne se décide pas à faire comme les autres, à attraper son sac et à disparaître. Elle adoptait le même comportement, l'autre jour, avant de me confier qu'elle avait parlé de l'étudiant aux lunettes noires à ses parents. Semble-t-il qu'ils s'étaient mis à s'inquiéter pour l'ensemble du groupe. J'ai haussé les épaules en lui rétorquant : « Tes parents ne vont pas te couver toute ta vie, quand même ? » Je la renvoyais à son problème à elle, en espérant qu'elle lâche un peu ce pauvre garçon de qui on n'avait rien à craindre, j'en étais persuadé.

La voilà encore qui me scrute, se tourne vers la porte et attend que tout le monde soit sorti pour venir m'embêter. Je déteste les étudiants qui traînent, qui me sollicitent, l'air de rien. Lui ne ferait jamais ça.

Elle avance vers moi. Je le savais. Aussi bien prendre les devants :

– Qu'est-ce que tu n'as pas compris aujourd'hui ?

J'ai emprunté un ton qui se voulait bienveillant. Une explication supplémentaire sur la matière qu'on vient de couvrir, j'en serais capable, mais qu'elle ne recommence pas à me parler de ses parents.

Elle reste silencieuse, puis se décide à me tendre un calepin noir.

– Je l'ai trouvé par terre. Regardez…

Je feuillette le carnet pour tâcher de trouver à qui il appartient. Je commence à lire ces passages dont je vois qu'ils proviennent d'un roman. Le titre apparaît là, tiens : *Mathieu.* J'ai déjà lu ce livre. Je m'étais beaucoup identifié au personnage du jeune homme, à l'époque. J'essaie de me rappeler pourquoi, mais elle interrompt le fil de mes souvenirs.

– C'est sûr que ça appartient à l'étudiant aux lunettes noires ! s'exclame-t-elle.

– Si c'était lui, il aurait consigné ces extraits de roman à l'ordinateur, pas dans un calepin. Tu ne crois pas ? Qui est-ce qui écrit encore à la main ici ? Cherche plutôt de ce côté-là !

– C'est lui, reprend-elle. Je me suis déjà assise en arrière et je voyais son écran. Vous saviez qu'il écrit de la poésie pendant le cours ? Qui dit qu'il n'en écrit pas aussi à la main ? Lisez ça !

Je suis l'enfant de la haine.
Le fiel de ma mère a brûlé mes yeux clignotants
que la lumière irrite

Ça y est, je me représente parfaitement Mathieu, le personnage du roman qui écrivait des poèmes. Il s'agit encore d'un extrait. Ce carnet en est plein.

– C'est ça ! dis-je en le lui rendant. L'étudiant aux lunettes noires est un Mathieu contemporain. Vas-y, rejoins-le !

Je consulte l'horloge et file vers la sortie. Elle ne me lâche pas. Du coin de l'œil, je la vois s'immobiliser pendant que je mets mes verres fumés.

Prendre Edgar

Sa voiture est sensible au vent latéral. Il le savait avant de l'acheter. Mis à part ce défaut, elle est tellement puissante, et merveilleuse avec toutes ses options. Il essaie de s'en convaincre en donnant des coups de volant pour la maintenir sur le chemin noir et venteux de Covey Hill. Au loin, sur la colline, un point de lumière rouge commence à apparaître, puis se dédouble dans le froid.

Il imagine le sifflement dans les fenêtres mal isolées de la maison. Il repense aux longues soirées d'hiver qu'il y a passées à entendre ce vent maudit... Il travaillait longtemps après qu'elle s'était endormie et qu'il avait bordé leur petit Edgar. C'était un mode de vie. Il accélère. Le point de lumière grossit.

Tout est éteint chez les nouveaux riches. Ils doivent se prélasser sur un paquebot, dans une de ces croisières luxueuses auxquelles ils sont abonnés. Il ne les a pas aperçus depuis un bon bout de temps. Une faible lueur, un peu plus loin, chez les cultivateurs qu'il voit fréquemment depuis qu'il s'est établi en ville. Ils font les marchés et tiennent un stand dans celui de son quartier, le mercredi. Ils paraissent toujours contents de le voir, mais ne bavardent plus comme avant. Ils sont prudents. Parce qu'elle est encore leur voisine, ils font attention. Ne voudraient surtout pas se mêler de ce qui ne les regarde pas.

Il emprunte l'allée qui mène à la maison. On dirait qu'elle a trouvé un meilleur déneigeur. Ils en avaient congédié deux qui n'étaient pas assez soigneux, qui écorchaient les arbres avec leurs gigantesques souffleuses. Pourquoi diable les gens vivent-ils à la campagne s'ils n'aiment pas les arbres ? Il se le demande, mais ce n'est plus son problème.

Il sort et le claquement de la portière ne résonne pas de la même façon qu'à la ville. Le noir, non plus, n'est pas le même. Il fait quelques pas dans la neige qui craque, le souffle coupé par le vent.

Elle n'a pas bien déblayé les marches. Ou c'est plutôt Edgar qui a dû pelleter à la va-vite avant de retourner à ses jeux vidéo. Et puis le vent pousse souvent la neige dans la mauvaise direction.

Inutile de frapper, elle vient à sa rencontre. Elle entrouvre la porte et il retient le battant que le vent tire violemment.

– Entre vite ! supplie-t-elle.

Il voudrait surtout ressortir vite. Prendre Edgar, sa valise et repartir. Il est venu pour ça.

– Tu as fait bonne route ?

Elle ne lui laisse pas le temps de répondre, elle enchaîne :

– Edgar m'a raconté que tu avais une nouvelle voiture. Avec plein de gadgets, il paraît !

Il se mord la lèvre pour ne pas parler de la sensibilité au vent latéral. Elle dirait alors « Tu te fais toujours avoir, ça ne change pas ».

Il constate une fois de plus qu'Edgar ne se précipite pas pour venir à sa rencontre.

– Edgar, es-tu prêt ? crie-t-il.

– Il est à l'ordinateur. Enlève ton manteau…

Toujours pareil. Ils établissent des règles qu'elle n'applique pas. Ensuite, il joue le rôle du gros méchant qui impose des interdictions à Edgar. Il essaie de ne pas exploser, mais rappelle tout de même :

– On s'était mis d'accord pour qu'il passe moins de temps à l'ordi…

– Il n'est pas en train de jouer. Il a un travail à faire. Va donc le voir ! lance-t-elle en tendant la main pour attraper son manteau.

– Ça va, j'enlève seulement mes bottes.

Il rejoint Edgar, qui ne quitte pas son écran des yeux.

– Peux-tu m'aider, p'pa… ?

La chaleur du feu de bois, irremplaçable. Et ce parfum de combustion lui manque aussi. Mais il s'accommode bien de ne plus avoir à corder les bûches au moment où le camion les déverse dans la cour.

– C'est quoi, le problème ? demande-t-il en posant une main sur l'épaule de son fils.

Edgar a peut-être entendu « C'est toi, le problème ». Il a serré les lèvres et les poings, s'est refermé.

– Hein, Edgar, c'est quoi ton problème ?

– Tu vois bien, l'image est renversée…

– Ah… Tu devrais aller dans « Résolution d'écran ».

Résolution de conflits, ils connaissent. Résolution d'écran. Paysage renversé… La vie, si calme, qui un jour a basculé.

– Bon, tu vois ? Allez, éteins tout ça ! On s'en va.

Edgar prend son temps. Il se lève en bâillant, s'étire. Il traîne les pieds jusqu'à la porte, transportant mollement ses quelques sacs. Son père l'informe :

– Je vais réchauffer l'auto.

En disant cela, il a jeté un regard vers elle, le dos tourné, figée à la fenêtre. Elle échappe un au revoir en restant rivée au clignotement de points rouges, derrière la vitre. Depuis qu'il a quitté la maison, des éoliennes ont poussé là-bas. Il la salue et sort déposer les sacs dans le coffre de sa voiture pendant qu'Edgar s'habille.

Le moteur démarre du premier coup. « Une merveille », pense-t-il.

Il voit son fils sortir de la maison, enjamber les marches mal déblayées et avancer vers la voiture, dans le froid. Cette silhouette allongée, très longue, très noire, et qui danse sur la neige durcie. Son petit Edgar.

Blessé de guerre

À Pierre

Le jour a la faveur des paysages
Qui se détournent des fenêtres

Des pierres que tu installes
Au milieu du chemin

Aime
Aime aussi le vent

La clarté boit son cri.

Martine AUDET,
Des voix stridentes ou rompues.

Il se penche, rafle machinalement le petit fruit dur, encore vert, tombé dans l'herbe jaunie. Il se met à le faire rouler distraitement entre ses doigts rugueux. « Du velours », se prend-il à murmurer tout à coup, en caressant la pelure duveteuse. Il commence à la gratter nerveusement avec ses ongles. Un préliminaire au lancer du fruit, de l'embryon du fruit. Il s'agira de le propulser le plus loin possible dans l'allée d'arbres nains, stoïques, formant une solide équipe adverse. À ce moment précis, en esquissant le fabuleux geste du lancer, remonte en lui le souvenir du temps où il était gamin. Mémoire du corps, toujours si étonnante… Il s'exécute, et reviennent alors les images de toutes ces guerres inventées. Les musiques dissonantes des voix muées, cris et rires truffés de fausses notes, et finalement les sensations des coups de coudes dans les côtes et des roulades dans l'herbe fraîche… Et Marie, qui finissait toujours par apparaître au milieu des champs de bataille. La robe de velours de Marie… Il sourit. Ses yeux brillent, puis se voilent. Il approche la main de son visage et frotte sa barbe grise, tout en jetant un regard furtif autour de lui. Ce qu'il y en a eu des guerres avec ces petits fruits, se souvient-il encore, poursuivant sa promenade vers nulle part. Il pense malgré lui à ces guerres réelles et obsédantes qui ponctuent sa vie de maintenant, ces guerres auxquelles on accède par des fenêtres numériques de toutes sortes. Ces escalades auxquelles on assiste, de plus en plus impuissants, songe-t-il en fronçant les sourcils. Il repousse les images d'un geste de la main. Marcher seul au beau milieu d'une journée harassante, quel luxe, tout de même. Il palpe aussitôt la poche de son pantalon, en sort son téléphone cellulaire et l'éteint. Après tout, il n'y a pas que lui pour trouver des solutions dans cette boîte. Six hecto manquant dans la vingt-sept… Quelqu'un a dû oublier de noter, c'est tout. Rarement a-t-il pris le temps de déambuler ainsi, ramassant au passage de minuscules fruits verts pour les lancer en direction d'une armée fictive et indifférente. L'impression de jeter des cailloux dans une eau trop calme. Faire des ronds dans l'eau, ce serait déjà beaucoup mieux. Mais là, que peut-il attendre exactement ? Il se le demande. Marie n'apparaît plus entre les petits soldats, avec sa robe de velours. Malgré tout, il recommence. Il attrape dans l'herbe les embryons de fruits et les lance. La répétition du geste peut-elle encore l'amuser ? N'est-ce pas ce qui pèse le plus, la répétition, dans une vie professionnelle qui s'achève ? Il regarde l'heure à sa montre. À quoi bon. Il est porté disparu, déjà. Et dire qu'on offrait des montres à ceux qui prenaient leur retraite en des temps plus prospères… Les retraités n'auraient-ils pas souhaité, au contraire, pouvoir détacher le bracelet et écarter une fois pour toutes cette foutue mécanique qui avait suffisamment réglé leur vie ? Le voilà en train de compatir avec d'anciens retraités. Il a des pensées de vieux, c'est indéniable, sa femme a raison, même s'il a la forme pour jouer avec leurs petits-enfants. Même s'il grimpe avec eux, le dimanche, jusqu'à la maison dans les arbres en agitant ses jambes et ses bras comme un grand adolescent dégingandé. Il a la forme. La preuve en est qu'il marche depuis un bon moment maintenant, qu'il a fait la longue boucle et qu'il va bientôt revenir au point de départ sans se sentir fatigué. Du solide, se dit-il en approchant de la belle surface de roc, tellement lisse et étonnante au milieu des herbes. Il compte bien aller s'y asseoir un moment, tout de même. Il presse le pas, la rejoint et, en y posant un pied, sans se douter qu'un de ces petits fruits durs s'y trouve, il perd l'équilibre. Il essaie de se reprendre, mais un petit fruit dur sur la pierre humide ne pardonne pas et c'est ainsi qu'il glisse, de tout son long, se frappant un coude au passage. Le bruit de son crâne contre la pierre est le dernier son qu'il entend. Et alors, comme s'il souhaitait empoigner un combiné, il ouvre faiblement la main. Le petit fruit dur s'y loge.

– Du velours…, souffle-t-il.

Les accidents

Accroupi, tenant le porte-poussière à angle pour y faire glisser les éclats de verre, il se répète qu'il le savait. C'est toujours de cette façon que les accidents arrivent. Il le savait. Il était décentré, c'est ce qu'il croit. À cause d'elle, il pense. C'est encore elle qui l'a déstabilisé.

Il lui avait annoncé qu'il déposerait les enfants à la garderie. Ça aurait pu l'arranger, elle se plaint toujours qu'elle n'a le temps de rien faire. Il l'a informée hier soir : « Je peux aller conduire les enfants à la garderie demain matin », et elle a répondu : « Comme tu veux », plutôt que de dire « Merci, tu es gentil ». Ce n'est plus dans le vocabulaire d'Anne-Sophie, « Tu es gentil ». Elle le dit parfois aux gamins, mais pas à lui.

« Tu es gentil », sa mère le lui souffle lorsqu'il passe la voir en coup de vent. De plus en plus souvent, il y va seul. De plus en plus souvent, c'est lui qui a préparé la soupe qu'il apporte. Dans le plat bleu, et parfois dans le jaune. Tandis qu'elle place le repas au réfrigérateur, elle demande systématiquement :

– Comment va Anne-Sophie ?

– Très occupée, il répond, en détaillant la carpette.

Parfois, pour rassurer sa mère, il ajoute :

– Mais ça va.

– Et tu l'aides, conclut-elle.

Il croit alors l'entendre murmurer : « Tu es gentil. » Et ils échangent un regard bref, mais mouillé. Puis il s'en va. Il doit filer, sous prétexte qu'il est bien occupé, lui aussi, entre le boulot et les enfants.

Il jette à la poubelle les éclats de l'éprouvette. Elle lui a glissé des mains parce qu'il était décentré. À cause d'Anne-Sophie. Elle a décidé ce matin que ce serait elle qui déposerait les enfants à la garderie. Il avait pourtant annoncé qu'il irait. Il ne comprenait pas, mais les enfants ont suivi leur mère. Du coup, il avait un peu de temps devant lui. Du temps qu'il n'a pas su utiliser. Pire encore, il s'est senti pressé. Il est monté directement au labo sans prendre de café avec les collègues. Il a relevé ses échantillons sans fredonner, en se disant que son travail l'intéressait de moins en moins. Il a jeté un regard à son éprouvette. Un regard avec de la haine dedans. Il a vu que sa main tremblait, puis il a songé à sa mère. Aux enfants. Et la haine se dissolvait comme des gouttes de caustique dans l'eau, provoquant cette petite fumée dans laquelle le visage torturé d'Anne-Sophie apparaissait. C'est alors que l'éprouvette a glissé, qu'il a essayé de la rattraper et qu'elle s'est fracassée. À cause d'Anne-Sophie. Il se répète que c'est toujours de cette façon que les accidents arrivent. Les accidents arrivent… C'est ce à quoi il est en train de penser quand il entend la sonnerie du téléphone.

Frisson sur une flaque d'huile

Dans le silence, le goutte à goutte se fait plus envahissant. Le dos contre la planche à roulettes, le garagiste se pousse un peu plus loin sous l'auto, plissant les yeux, cherchant à comprendre ce qui lui échappe. La vieille ampoule éclaire la mécanique rouillée. Il tape sur les conduits, dévisse un boulon, inspecte.

Son visage s'illumine. Il roule hors de cette zone d'ombre et se déplie, plus lentement qu'avant. Il se lève, fait quelques pas vers l'établi, la main sur une hanche. Jamais il ne semble s'attarder à cette photo devant laquelle il passe tous les jours. Il ne s'y attarde pas, mais la voit de temps à autre. Épinglée là depuis plusieurs années, alors qu'il n'avait qu'un seul petit-fils, cette photo de Jeanne est une véritable présence. Souriante près du gamin penché au-dessus d'un tracteur de plastique renversé, elle paraît fière, réjouie de la filiation. Un premier petit-fils, réplique parfaite de son mari, cela lui donnait un air émerveillé.

Il a trouvé l'outil qu'il cherchait. Il le secoue contre le montant de bois, question de laisser s'échapper la saleté accrochée au métal. Il toque un bon coup, repasse devant la photo. L'enfant au-dessus du tracteur renversé a aujourd'hui seize ans. Le garagiste l'a aperçu encore hier en entrant à la taverne du village. Son petit-fils se tenait là avec des garçons plus vieux, des têtes de morts cousues à leurs blousons. Il s'est fait discret, saluant d'un léger coup de menton le grand escogriffe qui se dissimulait la tête dans les épaules. Quel mauvais coup avait-il encore fait ? Ça ne le regardait pas.

Ils sont tous inquiets de Jérémie, mais chacun se mêle de ses oignons. Surtout lui. Ses enfants ont leur vie, ils font ce qu'ils veulent et leurs ados, c'est leur affaire. Il soupire, s'allonge une fois de plus sur la planche à roulettes et se déplace sous la voiture afin de colmater, de stopper ce frisson sur la flaque d'huile.

Une pièce métallique se décroche et tombe. Il tente de la fixer, lance ses outils au sol avec de plus en plus d'empressement. Se trouver près du but entraîne une joie qui ne l'a jamais quitté. En hiver, en été, et surtout aux changements de saisons, au moment où s'empilent les pneus qui envahissent rapidement son espace, il trouve moyen de régler les soucis mécaniques de ses clients. Il craint parfois de ne jamais s'en sortir, mais il s'en sort, toujours. Pour Jérémie, il ne peut rien.

Le bruit augmente au fur et à mesure que son excitation grandit. Les outils lancés les uns à la suite des autres s'entrechoquent. Il n'a pas entendu entrer Jeanne. Il jette un œil à la flaque d'huile qui a cessé de frémir. L'immobilité. Le calme. Sa victoire approche.

– As-tu oublié ? demande-t-elle.

Il fait rouler la planche, lit l'heure à l'envers sur la grosse horloge au fond jauni, puis retourne sous l'auto. C'est de là que sa voix s'échappe :

– Quarante ans pour toi, quarante ans pour moi… Ça fait quatre-vingts. Notre quatre-vingtième anniversaire de mariage, ça s'oublie pas comme ça ! blague-t-il.

– Grand niaiseux ! lance-t-elle. On part dans une heure, faudrait aller te doucher.

Heureuse, et tentant de ne pas trop le laisser paraître, elle s'éloigne en retouchant délicatement ses cheveux fraîchement coiffés. Il entend la porte se refermer, reste allongé sur le dos. À ses côtés, la flaque d'huile n'a plus une ride.

La cicatrice

Je ne sais pas si elle y a songé, Mia, quand elle a proposé qu'on se retrouve ici. Moi, c'est en arrivant tout à l'heure que j'ai fait le lien. Dès que j'ai aperçu ces rangées de pommiers gris sur fond de ciel bleu, cela m'a rappelé notre première rencontre. Nous faisions partie du même groupe de cueilleurs dans un verger bio. J'étais en train de déplacer l'échelle quand Mia nous avait fait éclater de rire. Elle était drôle. Elle l'est de moins en moins, il me semble… Nous avions échangé un regard complice, puis nous nous sommes revues, à intervalles plus ou moins réguliers. Il y a combien d'années maintenant ?… « Un, deux, trois, quatre… », compte un petit garçon, le nez collé au pommier sous lequel je me suis assise. Il joue à la cachette avec celle qui semble être sa jeune sœur, là-bas. Elle rigole, recroquevillée derrière la roche, espérant que son frère ne la trouve pas. Je m'aperçois qu'en comptant, il a posé la main sur une cicatrice de l'arbre. Je détourne la tête.

Leurs parents doivent se trouver à l'intérieur. Des égarés, comme moi, qui s'imaginaient sans doute que les pommiers seraient en fleurs. Les bourgeons sont à peine sortis.

Non, Mia n'a pas dû établir de lien entre cette cidrerie et notre première rencontre dans les pommes. C'était certainement inconscient... Tout va si vite pour elle, toujours pleine de projets. Son invitation à pique-niquer, lancée il y a quelques jours, était une chose parmi d'autres. Ses activités s'enchaînent et tout roule. Jamais de sable dans l'engrenage. En déposant Xavier chez son père, ce matin, je me suis dit : « Regarde-moi ce ciel bleu, c'est comme si Mia l'avait commandé. » Elle formule un souhait et la nature obéit.

Dans mon panier, le fromage commence à suer sous le soleil. Je jette un œil à ma montre, puis au stationnement. Je ne vois pas encore sa voiture. Mia ne peut pas avoir oublié, cela la réjouissait tellement de venir ici. « Depuis le temps qu'on déguste ces produits, on va enfin voir où ils sont élaborés ! » avait-elle lancé, comme pour clore une affaire. Même si j'avais d'autres propositions, j'ai préféré me taire. L'important n'était-il pas qu'on se retrouve seules toutes les deux ? En plus, c'est un bel endroit. Le sol est humide, je me relève en tentant de défroisser mon chemisier. Une femme entrouvre la porte de l'établissement, sort la tête, puis referme après avoir repéré les enfants. Les siens, sans aucun doute. Le garçon venait de débusquer sa petite sœur. À présent, il fonce vers moi, les bras tendus, puis atteint le pommier en criant. Les cris de la fillette sont encore plus stridents. Qu'est-ce qu'elle fabrique, Mia ? La dernière fois qu'on s'est vues, elle était légèrement en retard, mais pas à ce point. Nous avions rendez-vous dans un resto qu'elle venait de découvrir. Quand elle aime un endroit, elle peut y retourner tous les jours, ensuite elle se lasse. C'était quelques semaines avant mon hospitalisation. J'avais décidé de ne pas lui en parler. Je me taisais, ce n'est jamais difficile, Mia a tellement de choses à raconter ! Et puis l'opération m'effrayait. Je n'avais pas envie qu'elle se croie obligée de me visiter à l'hôpital. La seule idée de la voir débarquer avec son entrain habituel, ses sourires et ses cadeaux embarrassants me donnait la nausée. Elle a fini par apprendre la nouvelle. Elle m'a aussitôt envoyé des fleurs et n'est pas venue. Je préfère penser le moins possible à cette période. Déjà que ma balafre est là pour me la rappeler. J'y porte attention en m'habillant le matin, c'est bien assez. Quand il fait trop chaud pour les cols roulés, je prends soin d'enrouler ce foulard ou un autre autour de mon cou. Après, j'oublie. Le plus possible, j'oublie.

– Tu as quel âge, madame ? demande la fillette en se frottant un genou contre le tronc du pommier.

Elle ne sait pas encore compter. Depuis tout à l'heure, elle lance des chiffres qui ne se suivent pas. Je lui souffle mon âge à l'oreille. Son visage s'illumine. Elle plisse les yeux en retournant appuyer son front contre l'arbre. « Trente-huitre ! » elle lance, comme si elle venait de découvrir le nombre le plus élevé du monde. C'est vrai que je me sens vieille. Surtout en présence de Mia et de son énergie débordante… Au tour du gamin de compter. Je m'y mets aussi, tiens. À dix, si Mia n'arrive pas, je l'appelle. Comme d'habitude, elle aura oublié son téléphone et je tomberai sur sa boîte vocale.

Dix. Je compose son numéro. J'attends, en scrutant l'horizon. Un pommier solitaire, tendu vers le ciel. J'écoute le message d'accueil, la voix excitée de Mia. C'est bien ce qui m'avait attirée chez elle, ce côté si enjoué que je ne supporte plus… Un entrain que je n'ai pas, qui semble avoir disparu comme plein d'autres choses. Le médecin a dit que ça reviendrait.

La fillette et le garçon crient en chœur : « Voilà tante Mia ! Mia ! » Et c'est bien elle que j'aperçois au loin, en train de sortir un panier d'osier de sa voiture. Des victuailles pour une famille entière. Et moi, avec ma petite corbeille et le fromage qui sue… Quelque chose m'avait donc échappé. Mia dépose le pique-nique dans l'herbe humide, puis, après les avoir embrassés, écarte les enfants accrochés à ses jambes.

Elle avance vers moi, m'ouvre les bras. Je m'approche, sans conviction.

– Désolée, échappe-t-elle en baissant les bras. J'ai voulu te prévenir, puis je me suis dit qu'après tout, tu serais contente de rencontrer mes neveux et ma sœur dont je te parle depuis si longtemps ! Elle est où, au fait ?

– Maman est dans la cri-drerie, indique la fillette.

Mia perçoit sans doute un mélange d'étonnement et d'incompréhension dans mon regard. Elle garde ses yeux rivés aux miens, comme la première fois que nous nous sommes rencontrées, sauf que nous ne rions pas. Je lis sur son visage une sorte de compassion. C'est un peu de compassion mêlée à beaucoup de curiosité, sur le visage de Mia, lorsqu'elle avance la main et soulève, sans délicatesse, le foulard à mon cou.

– Mais ça ne se voit pas ! déclare-t-elle à la légère.

Curieux, les enfants s'étirent pour mieux examiner ma cicatrice. Je lâche le fromage dans l'herbe, replace mon foulard et m'éloigne.

En m'en allant, je me dis que nous venons certainement de boucler la boucle. Mia n'établira sans doute jamais de lien entre cette cidrerie et notre première rencontre dans les pommes. Je me tourne une dernière fois vers elle, mais je ne vois plus que l'arbre. La cicatrice de l'arbre.

Avant d'éteindre

« Maudite fenêtre... », j'ai murmuré, de la même manière que tu disais « Maudite télé... », je me rappelle, les fins de soirée où tu te désolais qu'on ait passé autant d'heures, toi et moi, blottis l'un contre l'autre à regarder des films insipides. Tu bâillais en répétant « Maudite télé... ». Tu l'éteignais, décrétant qu'il ne nous restait plus qu'à nous mettre au lit. Tu rejoignais maman, et moi je regagnais ma chambre au sous-sol de la maison qui n'existe plus... La maison éclatée, éparpillée. La maison morte. Il ne me reste que quelques objets de ce nid sans histoire, des objets hors contexte dont la tabatière posée là, près de la table de travail où je passe ma vie. Parfois, je soulève le couvercle pour retrouver le parfum de ton tabac qui embaumait le salon. Je hume et referme en me disant « Tant pis, les souvenirs... » pour retourner à la fenêtre. Pour guetter. Épier. Rester suspendue, immobile, à sélectionner ce qui convient et ne convient pas. J'élimine *My pics, My cock,* j'élimine *Janelle Root email for Roxanne Milton,* si tu voyais, si tu voyais le monde à travers cette fenêtre maudite. Des images, des musiques et des gens de partout sur la planète y défilent. On s'écrit, on se retrouve et l'on se perd, on s'invite, on se félicite ou l'on s'attriste. On communique. Et les malentendus persistent. Mes petits doigts que tu tenais dans ta main large se sont déformés au fil des clavardages. Tu ne connais pas ce mot. Tu ne connais pas cette fenêtre dans laquelle, parfois, j'aimerais recevoir un message de toi. Rien qu'un message, de l'au-delà. La fenêtre nous montre tout, sauf cela. L'au-delà. Et mes yeux rougis, si tu voyais… « Ne fatigue pas tes petits yeux ! » me suppliais-tu, quand tu m'apercevais en train de dévorer un livre dans la pénombre. Tu t'empressais de jeter de la lumière sur les pages. Dans la fenêtre, les pages sont éclairées par derrière. Je ne les brûle pas. Je les fais glisser silencieusement dans la corbeille. Et ce sont mes yeux qui brûlent en attendant que je brûle aussi, comme toi, que je retourne en poussière. J'écris « Tu me manques », mais je ne cliquerai pas sur *Send,* sur cendres, je ne cliquerai sur rien du tout, sauf pour éteindre. Car j'éteindrai, simplement. J'éteindrai la fenêtre.

Les nouvelles suivantes ont déjà été publiées dans des versions parfois différentes :

« L'arbre invisible », dans *Mœbius,* n° 128, 2011 ; « Bravo, bravo », dans *XYZ,* n° 100, 2009 ; « La marionnette » (sous le titre « Poppette »), dans XYZ, n° 107, 2011 ; « La clairière », dans *Ces mondes brefs. Pour une géocritique de la nouvelle québécoise contemporaine,* Christiane Lahaie, L'instant même, 2009 ; « Les fenêtres de l'homme », dans *L'absolu... un jour... Hommage à Françoise Loranger,* Création Bell'Arte, maison du livre d'artistes, 2e trimestre 2013 ; « Avant d'éteindre », dans *XYZ,* n° 105, 2011. La nouvelle « Nina » a été lue en duo par Marie Bouzard et Ivan Gouillon au Théâtre des Asphodèles à Lyon, dans le cadre de la Semaine de la langue française et de la francophonie, événement coordonné par l'Espace Pandora en partenariat avec le Musée des Confluences, en mars 2011.

Remerciements

L'auteure souhaite remercier le Conseil des arts et des lettres du Québec et la CRÉ de la Vallée-du-Haut-Saint-Laurent pour leur soutien à la création d'une partie importante de ce recueil. Les Vergers du Minot pour leur partenariat (merci à toute l'équipe pour l'accueil et l'inspiration).

Bianca, Lucile et Paola, pour leur disponibilité, leurs regards attentifs et sensibles. Luce, pour la fenêtre sur le fleuve (« Tu m'avais dit que tu téléphonerais »). Jean-Pierre, pour le personnage du garagiste (« Frisson sur une flaque d'huile »). Audrenne, pour l'accueil au labo et le partage de son expertise (« Les accidents » et « Cuve numéro seize »). Les Correspondances d'Eastman pour le nom de Lise Jobin (« Cuve numéro seize »). Pierre, pour sa douce présence, son enthousiasme et sa confiance, et pour le dessin de couverture.

ACHEVÉ D'IMPRIMER
EN AOÛT 2014
SUR LES PRESSES DE MARQUIS IMPRIMEUR INC.

MARQUIS

Québec, Canada

RECYCLÉ
Papier fait à partir
de matériaux recyclés
FSC
www.fsc.org
FSC® C103567

Imprimé sur du papier Enviro 100% postconsommation
traité sans chlore, accrédité ÉcoLogo et fait à partir de biogaz.

100%
PERMANENT
BIO GAZ
ÉNERGIE